中华

ZHONGHUA

魂

ZHONGHUA HUN

百部爱国故事丛书

为了新中国前进

——舍身炸碉堡的董存瑞

李 灿 李 萌 编著

吉林人民出版社

图书在版编目（CIP）数据

为了新中国前进：舍身炸碉堡的董存瑞／李灿，李
萌编著 .－－长春：吉林人民出版社，2011.3（2021.8 重印）
（中华魂·百部爱国故事丛书）
ISBN 978-7-206-07526-1

Ⅰ.①为… Ⅱ.①李… ②李… Ⅲ.①革命故事－中
国－当代 Ⅳ.① I247.8

中国版本图书馆 CIP 数据核字 (2011) 第 032656 号

为了新中国前进
——舍身炸碉堡的董存瑞

WEILE XINZHONGGUOQIANJIN
——SHESHEN ZHA DIAOBAO DE DONG CUNRUI

编　　著:李　灿　李　萌
责任编辑:张　娜　　　　封面设计:孙浩瀚
制　　作:吉林人民出版社图文设计印务中心
吉林人民出版社出版 发行 (长春市人民大街7548号　邮政编码:130022)
印　　刷:北京一鑫印务有限责任公司
开　　本:787mm×1092mm　1/16
印　　张:8　　　　　　字　　数:64千字
标准书号:ISBN 978-7-206-07526-1
版　　次:2011年3月第1版　　印　　次:2021年8月第2次印刷
定　　价:35.00 元

如发现印装质量问题,影响阅读,请与出版社联系调换。

总　序

　　《中华魂》是一套故事丛书。它汇集了我国自鸦片战争以来一百八十余年间的近百位民族英雄、仁人志士、革命领袖、先进模范人物的生动感人事迹，表现了他们作为中华儿女的伟大的爱国主义精神。

　　爱国主义是人们对于"生于斯、长于斯、衣食于斯"的祖国的一种神圣感情，是人们对于自己民族的一种强烈的责任感和使命感，是感召和激励整个中华民族的一面永不褪色的旗帜。在一百多年的中国近现代史上，爱国主义一直激励着中华儿女为祖国的独立、统一、进步和繁荣而英勇奋斗。从"苟利国家生死以，岂因祸福避趋之"的林则徐，到"我自横刀向天笑，去留肝胆两昆仑"的谭嗣同;从"铁肩担道义,妙手著文章"的李大钊,到"青春换得江山壮,碧血染将天地红"的赵一曼;从"县委书记的好榜样"的焦裕禄,到"问鼎长天,扬我国威"的邓稼先……都表现出了强烈的爱国主义精神。正是由于热爱祖国的人们前仆后继地奋斗,国家和民族才得以生存,才能够在一次次历史危急关头转危为安,走向兴盛和富强,从而屹立于世界民族之林。爱国主义是鼓舞中华儿女历经忧患、跨越沧桑、百折不挠、自强不息的伟大力量,它贯穿于中华民族的整个历史,并有力地凝聚着五洲四海的中国人。

爱国主义是一个历史的范畴,在社会发展的不同阶段、不同时期有不同的具体内容。革命时期,需要我们为祖国的独立自主出生入死;建设时期,需要我们为祖国的繁荣富强增砖添瓦。在全国各族人民团结一心,开启全面建设社会主义现代化国家新征程的今天，我们要争做一名新时期的爱国者。新时期的爱国者要有强烈的民族自尊心、自豪感。民族自尊心、自豪感是任何时期、任何爱国者都必须具备的情感。民族自尊心能增强我们自立向上的恒心，民族自豪感能树立我们建设祖国的信心。要树立"祖国高于一切"的崇高信念，为了祖国和人民的利益不惜抛却个人的利益，甚至不惜牺牲个人的生命。我们要树立终身学习的理念，拓宽自己的知识面，广泛吸收新知识、新技术，完善自身的知识结构，更新学习知识的方法与理念，从思想上、知识上充分武装自己，为祖国的繁荣昌盛贡献力量。

爱国主义思想的继承和发扬，是关系到民族盛衰、国家兴亡的根本问题。爱国主义思想情操的形成，需要不断地培养。培养爱国主义精神的一个重要途径是向英雄人物和典范事迹学习和致敬。这套丛书的出版,对于青少年向英雄和先进人物学习,特别是对于在中小学生中进行爱国主义教育是不可多得的生动的教材。祝愿此书出版发行成功,为培养时代新人做出贡献。

胡维革

中华魂
魂
百部爱国故事丛书

编 委 会

策　划：　胡维革　吴铁光
　　　　　林　巍　冯子龙
主　编：　胡维革　邢万生
副主编：　贾淑文　杨九屹
编　委：（按姓氏笔画为序）
　　　　　于二辉　刘士琳
　　　　　刘文辉　孙建军
　　　　　李艳萍　吴兰萍
　　　　　谷艳秋　隋　军

人民英雄董存瑞同志，你是具有自我牺牲精神的榜样，我区全军将永远记着你的英勇。有了你那种坚决顽强的攻击精神，敌人的任何抵挡都是枉然……

　　　　——冀热察辽分局书记兼军区司令员程子华

　　　　　　《董存瑞同志永垂不朽》

　　　　（载1948年7月11日《群众日报》）

目　录

中华魂 百部爱国故事丛书
ZHONGHUA HUN

儿 童 团 长

一轮红日从东山升起，照亮了怀来县南山堡村。十二岁的董存瑞，已经是一个老练的儿童团员了。他威武地站在大树下。这一派美丽的景象，使他入迷。田里的庄稼，翠绿欲滴；半山坡上的村庄，隐在淡淡的烟雾里；他家的烟囱，升起了袅袅炊烟。他想：妈妈又在烤他爱吃的山药蛋了。

董存瑞举目细细瞧着远处的碉堡。那面可恶的太阳旗，狗尾巴似的垂着。大路上，静悄悄，渺无一人。他安心了，轻轻哼着小调。自从鬼子占领南山堡周围以来，他在惊涛骇浪里生活了三年。开始他看到鬼子杀人、烧房子，只会整天哭，连夜里做梦也哭。

董存瑞

后来中国共产党派区委书记王平来这一带建立了抗日民主政权，南山堡就成了这一带抗日斗争的"堡垒村"。董存瑞也锻炼得坚强了。由于他机智、勇敢，大家选他当儿童团长。儿童团每天轮流放哨。今天是董存瑞值班，他特别小心翼翼。

山下传来阵阵细微的石子碰击声。董存瑞警觉地探头一望，霎时间头皮发麻、心乱蹦。狡猾的敌人，

隐蔽在那密密的树丛里，不声不响地慢慢向山上爬。

董存瑞把锣敲得震天响，大声喊着：

"老乡们——鬼子来了，快快转移！"

寂静的山村沸腾了。几个民兵扛着"震天响"土炮，手持着红缨枪，占领了村后高坡。家家户户扶老携幼，背着包袱，赶着牛羊，从村里往南山转移。

山下枪声响了，还有"轰轰"的爆炸声。妈妈急得满头大汗，手不住地颤抖。她不断地跑出大门又跑进大门，空落落的夹道上，还不见儿子的影子。她心都碎了。董存瑞匆匆忙忙从夹道跑来了。妈妈跑上去抱住了儿子，在这惊恐与喜悦的激动中，她流泪了。

她擦了擦眼睛说：

"虎子，真急坏娘了，多密的枪声呀！我怕你万一出事了呢？村都空了，快走吧！"

"爸爸、姐姐呢？"董存瑞接过妈妈的包袱，母子两人急匆匆朝村后走去。

"早赶着牛上山了。刚才民兵通知，他们也撤上山了。"董存瑞的妈妈喘着气，不小心脚下石子滑了一下。董存瑞很心疼，赶忙扶住妈妈往山上爬。

身后一阵急促的脚步声把他们吓了一跳。急忙调过头，只见一个受伤的八路军，跌跌撞撞奔进了村。

董存瑞把包袱往妈妈手上一塞，说："好妈妈，您

董存瑞故居

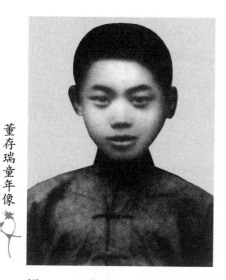

董存瑞童年像

先走吧!"

八路军战士伤得不轻。董存瑞扶住了他,八路军战士一步一瘸往前走。董存瑞很想要他走快些,好早点上山。可是一见他每走一步都咬着牙,就不说什么了。妈妈急得喉咙干燥,心急如焚。她既为儿子担心,又为伤员担心。她感到这样拖下去,不幸的事情就要发生了。她想把一切事情承担下来,就走上前去,说:"小虎子,让娘来扶伤员,你快上山叫民兵。鬼子兵来了我们就找个地方躲躲。"

"来不及了。妈妈,您快走吧。我扶他到家去!"董存瑞用力推开妈妈。

"小弟弟,就让我躲在这个草堆里。你们快走!"伤员不愿连累这一老一小。他还有两颗手榴弹,敌人不查出便罢,发现了还可以拼一拼。

"这草堆目标大,还是到我家去!"董存瑞坚持着。不问伤员同意不同意,他拽着伤员就往前走。

"不行,鬼子查出来,会烧房子,会杀害你们。"

伤员挣扎着向草堆跑去。

董存瑞死命拉着他，拍拍胸膛说：

"怕烧怕杀，我就不是儿童团员了！"

妈妈急坏了，拖着伤兵往家跑。她一边跑一边上气不接下气地说："你们再啰啰唆唆，就坏事了。八路同志，小虎人小，心眼可不少啦！快进来吧！"

伤兵进了院子，妈妈把他藏进大草堆。董存瑞看了看，把伤兵拖出来，要他躲进牛圈那堆又破又臭的席子堆里。

董存瑞安心了。他小声地说：

河北省怀来县古城墙

"叔叔，刚才手榴弹是你丢的吧？"

"我刚到山脚，就发现了鬼子偷偷往山上爬。我怕山上没准备好，要吃亏，往鬼子人堆里丢了一个手榴弹。鬼子乱了，可是我的腿也受了伤。"

大门被打得"砰砰"响。妈妈脸色煞白，董存瑞抱住了妈妈说："妈妈，您要沉住气，就装作没事一样。您烧火做饭吧！"董存瑞说完，走去开门。妈妈拉住他："小虎子，不能开门！"

"妈，不开门更糟。鬼子打破门进来，更疑心了。"他说完，把大门打开了。

七八个鬼子冲进了院子。他们用刺刀东挑西挑，枪声、鸡叫声、鬼子的叫骂声，乱成一片。

"你的，快说，八路、民兵藏在哪里?"一个小胡子军官指着董存瑞说。

"不知道!"

"说了，大大的糖，大大的钱。不说，死啦，死啦的!"鬼子军官举起了亮闪闪的军刀，在董存瑞脸前晃来晃去。

八路军臂章

"不知道就是不知道！"

鬼子军官气得胡子翘了起来，喊了一声"搜！"鬼子活像一群饿狼，翻箱倒柜，连米缸都打烂了。但是什么也没搜出来。

鬼子军官翻着白眼，指着草堆叫，"刺啦刺啦！"几把刺刀插进了草堆，把草堆翻得乱七八糟。

鬼子军官的眼光盯着董存瑞动也不动，他想用精神压力征服这个孩子。董存瑞的眼睛一遇到那咄咄逼人的眼光，心中不免有点慌，不由得避开了。

"喂，我叫你看着我，看着我！"鬼子一脸凶相。

"看就看，我怕什么！"董存瑞从对方的凶相里激发起了一切仇恨。他心里说着：就是你们这些强盗烧了我们的房子，杀死了我们的人！把你们烧成灰，我

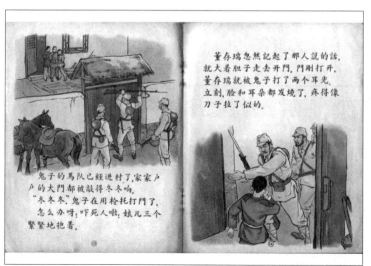

鬼子的马队已经进了村了，家家户户的大门都被敲得冬冬响，"冬冬冬"鬼子在用枪托打门了。怎么办呀，吓死人啦，娘儿三个紧紧地抱着。

董存瑞忽然记起了那人说的话，就大着胆子走去开门。门刚打开，董存瑞就被鬼子打了两个耳光。立刻，脸和耳朵都发烧了，疼得像刀子拉了似的。

也认得！董存瑞的眼睛闪耀着复仇的光芒，他胆子愈来愈大。他狠狠地盯着鬼子、轻蔑地看着鬼子，他憎恶那脸上每一条皱纹、每一根胡子。

鬼子军官感到自己的尊严受到了挑战，像点燃了引线的炮仗一样，快爆炸了。这时一个鬼子军曹跑来毕恭毕敬地说：

"报告，统统查过，没有没有！"

鬼子军官脱下白手套，甩了两下，又戴上了。他故作悠闲的样子，斜眼瞧了一下牛圈牛粪堆边一堆破席子，说，"这里藏人没有？搜了没有？"

董存瑞一惊，心都快从嗓子眼里蹦出来了。他跑上前，抱了一抱破席，连牛粪一起摔在鬼子军官的脚

前，说：

"这些破席能藏人？你搜吧！"

破席子臭气冲天，鬼子军官用手帕捂着鼻子。他狠命地踢了一脚，董存瑞一个跟头跌在地上。鬼子军官气势汹汹地带着鬼子兵走了。

八路军伤员从墙角破席里爬出来，紧紧抱住董存瑞，很久很久没有说话。

"小弟弟，你真勇敢，我不知怎样感谢你才好！"

"叔叔，你介绍我当八路吧！"董存瑞抚摸着他臂上的"八路军"臂章说。

"行。等你长大些，能拿动枪了，我们热烈地欢迎你！"

董存瑞

　　董存瑞，1929年10月15日出生于察哈尔省（今河北省）怀来县南山堡一个贫苦农民家庭。7岁时上过几天学堂，后因家贫而辍学。抗战爆发后，他的家乡成了抗日游击区，他12岁时就当上了儿童团团长，曾掩护过八路军干部。年少的董存瑞机灵聪明，很有骨气，被称为"南山堡的王二小"。

　　1945年春，董存瑞参加了当地抗日自卫队，同年7月参加了八路军。1946年4月初，在察北重镇独石口遭遇战中，他机智地夺下敌人的一挺机枪而被记大功一次，被部队授予勇敢奖章。

　　1947年初的长安岭阻击战，他在班长牺牲、副班长重伤的情况下，挺身而出自任班长，如期完成了阻击任务，又立大功一次。至牺牲前，他共立大功3次、小功4次，荣获3枚勇敢奖章和一枚毛泽东勋章。

　　1947年3月，在平北整训期间，董存瑞入了党。毛泽东提出"打倒蒋介石，解放全中国"的号召后，各战略区的部队纷纷练习城市攻坚战。当年解放军没有飞机，也缺少坦克、大炮，攻坚主要靠步兵实施爆破。董存瑞带领的班被师、团领导誉为"董存瑞练兵模范班"，他本人也被授予"模范爆破手"的称号。

1948年5月初，董存瑞所在部队参加冀热察战役。隆化县城是热河省承德市的拱卫，敌人事先在这里修筑了大量碉堡，有些特殊构筑的暗堡还被称为"模范工事"。

1948年5月25日，进攻隆化县城的战斗打响。董存瑞所在的6连负责拔除敌人核心阵地——隆化中学。临出发前，身为爆破组组长、在比武中夺得"爆破元帅"的董存瑞，代表大家表决心："我就是死后化成泥土，也要填到隆化中学的外壕里去，让大家踩着我们把隆化拿下来！"他带领战友接连炸毁了敌人炮楼、地堡。打开隆化中学东北角的外围工事之后，敌人隐藏在围墙外干河道上桥型暗堡的机枪突然开火，部队遭受

严重伤亡，突击受阻，而派去爆破的战友又一个一个在中途倒下。面对敌碉堡的凶猛火力，董存瑞再次请战，在战友的掩护下冲到桥底。此时，他的左腿被敌人的机枪打断，暗堡的底部离干涸的河床还有一段高度，河道两侧护堤又陡又滑，他两次安放炸药包都因没有木托而滑了下来。此时，冲锋号已经吹响，拖延一分钟就会有更多的战友牺牲。董存瑞毅然用身体做支架，左手托起炸药包，右手拉燃了导火索。随着天崩地裂的一声巨响，敌人的桥型暗堡被炸毁。

董存瑞用自己年轻的生命为部队的胜利开辟了道路，牺牲时年仅19岁。

1948年6月8日，东北野战军第11纵队党委决定：追认董存瑞为纵队战斗英雄、模范共产党员；他生前所在的6连6班命名为"董存瑞班"。纵队所属机关和部队在点名和集会时，静默3分钟以示悼念。7月10日，冀热察行署发布决定，将隆化中学改名为存瑞中学。

参加八路军

风在呼啸，黄沙被吹得满天飞扬，仿佛大地也在脚底下移动。堆积的沙丘，不一会儿，便消失得无影无踪。天很阴沉，好似一块儿铅板重重地压在人头上。今年塞外冷得特别早。

董存瑞走得很快，前面那个大个子走两步，他得三步才能赶上。顺风时轻快些，顶风时，就格外吃力。沙子打在脸上眼睁不开，有时连呼吸都感到困难。队伍行军速度很快。日军投降好几个月了，伪军不但没有缴械，反而接受了蒋匪的命令，摇身一变成了"国

为了新中国前进
——舍身炸碉堡的董存瑞

日本投降仪式

军"。董存瑞所在的部队正日夜开往热河，协助友军武力受降。

"八一五"日寇一投降，董存瑞就参加了八路军。虽然他才16岁，个头也不高，但知道的事却不少。他知道：中国要彻底翻身，要富强，只有走革命道路。他愿意将自己的青春，将自己的终生献给这宏伟壮丽的事业。他参军三个多月了，这还是第一次远途行军。他下定决心：要在行军中考验自己。

连长王万发大踏步地走着，还不时和战士开玩笑，有时还把班长叫出来，要他汇报战士的思想和情绪。

"同志们，我们可不是大娘走亲戚，可得使劲走啊！"连长的声音很洪亮，战士听了都笑起来。"有没有小脚姑娘？老汉背他一程……"王万发还没说完，

整个连队都大笑起来。

战士们脚步加快了，连长走得更快。走着走着，他就走到队伍的最前头，站在那里，大声地鼓励大家。

董存瑞很敬佩连长。他想：做人就要做连长这样的人。他暗暗地学习着连长，说话、走路也拿连长做样子。连长是个老革命，身上被子弹打穿了八九个洞，还有一颗子弹夹在骨头里没拿出来。打仗的时候，他总是冲锋在前，哪儿危险他准在哪儿出现。他性格开朗又倔强，做事不中途而废，事情一经决定，九头牛也拉不回来。他最恨胆小懦弱的人，他认为胆小懦弱是一个人出卖灵魂、出卖革命的因素之一。他挑选战士，第一个条件就是勇敢。由于这个连擅长打仗硬，攻坚的力量强，成了全军有名的"老虎连"。

队伍停下来了，一条河挡住了去路。河上无桥也无船。战士们纷纷提建议，有的提议搭浮桥，有的提议弄木筏……

连长从队尾赶了上来。他眨着眼睛说：

"我当出了什么事？一道河竟敢挡路！胆大的，跟我走！"说完，鞋袜一脱，下了水。他一边走一边用棍子打碎薄冰，若无其事地唱着信天游。

战士们纷纷下河了，他们抢着走在连长前面。

董存瑞被这场面感动了，连长的形象在他面前变得更高更大了。他也毫不犹豫地一脚踏下去。董存瑞走了几步，全身打战，好似无数根针戳着他的大腿，疼痛直往心里钻。腿渐渐麻木了，他简直无法辨别水到底是凉还是烫。他看看战友，他们都嘻嘻哈哈，互

遵化县担架大队随军远征东北

相追逐着，好似一群顽皮的孩子在夏天的河里玩水。他也咬着牙，竭力不让自己打哆嗦，迈着大步奔向对岸。

班长用毛巾擦着董存瑞的腿，高兴地说：

"小董，假如行军也兴打分数的话，我给你一百分。"

踏进热河，战士们都沉默不语了。

抗战时期，日寇在这里实行了最野蛮的政策，一把火把长城外几十里内的村子烧了个精光，把农民都赶进所谓"人圈"。"人圈"四周围上铁丝，那时出入都要检查，早晨太阳一丈高才让农民去种地，下午太阳还老高就关寨门。

昔日的"人圈"里，现在到处是断墙碎砖。剩下的屋子，东倒西歪，处处透亮。屋外刮大风，屋里刮小风，一下雪，屋里就像撒了一地面粉。老百姓一家几口都挤在一条小炕上。他们没柴火烧炕，就在炕上支着一口破锅，锅里放着烧过的火灰，一家人都把腿伸到锅底取暖。外面刮着西北风，这点火暖不了身体，一个个冻得嘴唇发紫。家家户户一贫如洗，往往全家只有一两条裤子，谁出门谁穿，一回家就脱下搁起来，生怕弄烂了。吃的不是稀糊汤就是野菜汤，一个个瘦得前胸贴着后脊梁，只剩下一把骨头了。

董存瑞看到这情景，心在一阵阵抽搐，鼻子发酸。董存瑞不是感情脆弱的人，几年都没哭过了。现在，却控制不住自己，眼泪像决了堤的河水一样簌簌地向外涌。战士们也个个掉泪。

指导员集合战士们说："我知道你们都很难过。但

最重要的是要将仇恨变成力量，狠狠地揍敌人……"接着指导员带领战士们给老乡修房子、拾柴火，把战士们的口粮分了一半给老乡。

连长把自己所有的衣服都分给了老乡。战士们也纷纷拿出衣服来。董存瑞也学着连长，除了身上穿的以外，全部家当都送给了老乡。

晚上，战士们用从十来里外砍来的柴草，烧暖了老乡的炕。老乡们感动得腾出炕来让战士们睡。可是战士们不愿挤老乡，谁也没有上炕。他们宁愿自己受冻，也不能让老乡受冻。

地上没有铺草，睡在地上像睡在冰上一样。寒气好像快要把五脏六腑都冻上了，可是，战士们都忍受了这一切。仇恨的烈火在每个人心里燃烧。

八路军帮助群众修复被日寇烧毁的房屋

董存瑞烈士纪念碑

为缅怀1948年5月25日在解放隆化的战斗中英勇牺牲的董存瑞烈士，1955年，经热河省政府批准，决定在隆化县苔山脚下修建董存瑞烈士纪念碑。该纪念碑1956年开始修建，1957年建成。原纪念碑高14.5米，占地面积360平方米，为钢筋砖混结构建筑。碑座和碑身用灰绿色人造大理石板饰面，有望柱28根，望柱间有上下两根铁管相连形成的护栏。碑身顶部为铜制镀金的五角星。碑中心总长为6.6米的四块汉白玉，镌刻着朱德委员长为董存瑞烈士的亲笔题词："舍身为国，永垂不朽。"这8个字是对董存瑞烈士短暂而又光辉一生的高度评价。

纪念碑历经风雨沧桑，1987年进行重新修建，1988年新的纪念碑落成。1998年5月25日，在董存瑞烈士牺牲50周年纪念日，举行了董存瑞烈士纪念碑揭幕仪式。新建成的董存瑞烈士纪念碑，展现了董存瑞顶天立地、视死如归的英雄气概，在松柏衬映下显得更加高大宏伟，庄严肃穆。朱德委员长"舍身为国，永垂不朽"8个贴金大字，在阳光下熠熠闪光。

碑前2000平方米的纪念广场，是每年举行纪念董存瑞和进行爱国主义教育的场所。每年成千上万的学生、军人、群众在碑前举行入团、入伍、入党等仪式，举行各种规模的纪念活动。在纪念碑前人们无不肃然起敬。

董存瑞烈士，永远是耸立在人民群众心中的丰碑。

董存瑞烈士纪念碑

电影《董存瑞》

1955 年，长春电影制片厂拍摄了著名电影作品《董存瑞》。

这是一部根据战斗英雄董存瑞的事迹创作的人物传记片。该片真实、细腻地展示了董存瑞由一个普通农村少年成长为不朽革命战士的过程，突出表现了董存瑞机智勇敢、不怕牺牲的精神风貌和执着、机警、顽强的个性特色。影片大胆描写了英雄人物的成长过程，以及主人公精神世界中的追求、苦恼、激动和喜悦，展现了英雄的思想升华和性格完成。影片注重在日常生活中、在性格和内心的撞击与冲突中，揭示心灵，抒发感情，完成性格的塑造。

该片丰富了革命战争影片的表现手段，为银幕贡献了一个鲜活的英雄形象，堪称革命战争题材影片的代表作。

电影《董存瑞》剧照

部队里成长

1946年的冬天，国民党军队仗着优势兵力，气势汹汹地向塞外一小块地区"扫荡"，几乎把较大的村庄和集镇都驻上了部队。"老虎连"就在敌人中间穿来插去，找机会打击敌人。

一天下午，董存瑞他们睡得正酣，连长王万发轻

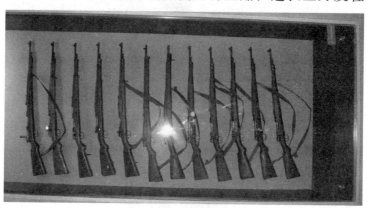

轻推开门走进来，门"咔嗒"响了一下，董存瑞就惊醒了。战争将他锻炼得非常敏感，就是在他熟睡的时候，远处一有声响，他也会醒来。

连长见他坐了起来，忙摆手要他睡下，但是，这动作已经迟了，所有的一班人，都闻声坐了起来。

"小伙子们，再好好睡一觉吧，今晚还有任务哩！"

"连长，你要别人睡，你自己却不好好睡。"董存瑞望着连长通红的眼睛说。他们感到连长是那样的亲切和温暖。每到一个新地方，连长和指导员总忙着了解情况，布置工作，等到这一切做完了，又到各班去走走。

"睡得骨头都咯咯响了，快些交任务吧，该死的

董存瑞塑像

太阳也不落下山!"一个战士说。

其他的人也七嘴八舌说开了:"连长,老乡总怕我们冻着,铺了这样厚的草,睡得我浑身出汗!"

连长一看,地上果真铺了尺把厚的草,不觉哈哈笑起来。几个月来,他们都是打着裹腿穿着棉衣,抱着枪睡觉。

尖锐的号声,划破了寂静。这时,一个老大爷衔着烟袋,走进来吧嗒、吧嗒抽了两口,笑嘻嘻地说:"睡足了吗?敌人吹号吃晚饭了,你们也该吃饭了吧?"接着他又说,"昨天敌人还吹牛,说解放军都被他们消灭了。可是今天解放军却和他们隔着一个庄子吃饭

呢!"

"老大爷,你听了是咋想的?"董存瑞问。

老人家磕了磕烟袋,慢吞吞地说:"胆小的人,才说鬼话壮自己的胆。你不要看敌人这会儿好像凶得很,完蛋的倒是他们自个儿!"

董存瑞高兴地说:"对,敌人现在只能占领一些地方,可是有一样东西,它永远占领不了。只要敌人得不到这样东西,那就注定要失败。"

"那是什么呢?"老大爷和一些战士好奇地问。

"人心!就是老大爷的心,千千万万老乡的心!"他又指手画脚说下去,"战争的胜败,不在一城一地的

得失，而在人心的向背，在于有生力量的消长！"董存瑞忽然发觉自己在背诵着指导员讲的话，怕老大爷听不懂，连忙改换了口气，详详细细把他们的战略战术说了一遍。

连长在一旁听了不断点头，他想：董存瑞这孩子，现在不但会打仗，还是一个很好的小宣传员呢！

连长也插嘴说："人民就像个大海。解放军在这大海里，就像鱼游在水里。而敌人呢？却像一只草鸡掉进了大海！"大家听了都哈哈笑起来。

老大爷连忙说："那还有淹不死的道理？你瞧，你们大军来来去去，敌人就像丈二和尚摸不着头脑。可是，敌人一出动，那动静可大啦，咱们老远就知道了。"谈到这里，炊事员把热腾腾的饭端来了。

晚上他们要把一批弹药，转运给西边友军。为了节省人力，他们担任着战斗队和运输队的双重任务。

董存瑞和往常一样，把自己的行装轻装到只有一点点，一个手指就能拎起来，而却把弹药拼命塞到筐里去，他的手榴弹也比别人多拿了一倍。他想：自己累点没关系，有了武器就可以多消灭敌人。

送走了弹药，他们转移到了一座大山。这是一片穷山，他们带的粮食也吃光了，但更糟的是喝不上水。他们跑到山沟里，把地面仅有的一层薄冰都吃掉了。最后，一滴水也没有了，大家渴得连嘴唇都裂开了。嘴里发黏，心头闷得喘不过气来。现在，他们感

到水是多么可贵啊，哪怕是用湿布润润嘴唇也是好的。

老乡家里有一小缸水。水，现在是那样有诱惑力，仿佛向每个人笑，向每个人招手。可是战士们都向自己发出了命令，不准动一滴。他们宁愿自己忍受肉体上的痛苦，也不去动老乡那仅有的一点儿水。

老乡十分感动。老大娘把那缸水送来了，战士们照样送了回去。老大娘要小姑娘又送了来，又被送回去了。老大娘实在无法可想，就把酸菜缸里的酸菜水端来了。她含着泪花说："同志们，看你们渴的那样子，我们也心疼，这点儿酸菜水再不收下，我可要生气了！"

那些酸菜水，又咸又涩，但此时比什么甘露都甜。大家喝的时候，还互相推让着说："你喝，你喝。"刚

——为了新中国前进

舍身炸碉堡的董存瑞

喝过，董存瑞就带头唱起歌来，他的嗓门特别大，把别人的声音都盖过了。无论在什么困难的情形下，同志们总看见董存瑞那一张愉快的脸。仿佛这笑容也像能传染似的，当人们看见董存瑞愉快的笑脸，不知不觉自己的脸上也爬满了笑纹。

指导员听见歌声跑来了，他望了大家一眼说：

"好，同志们，真是好样的！"

董存瑞也俏皮地回答："胆小的人，才在困难面前愁眉不展哩。你看我们是那号人吗！"

董存瑞的眼光和指导员的眼光相碰了。董存瑞从指导员的眼睛里，看见一种鼓舞人的力量。每当指导员分配一个人担任艰巨任务的时候，眼睛就闪耀着那种坚毅的光芒。指导员特别喜欢这个小伙子。当董存瑞有缺点的时候，他毫不客气地进行批评、开导；可是当董存瑞有了好的表现时，他也一定找机会适当地表扬。他知道：钢是要经过千锤百炼的。董存瑞也特别喜欢指导员。

为了新中国前进
——舍身炸碉堡的董存瑞

董存瑞纪念馆

董存瑞纪念馆坐落于怀来县南山堡村。1951年7月14日，由南山堡一座旧庙改建为董存瑞烈士祠堂。1967年8月，怀来县委决定修建董存瑞纪念馆。1968年5月建成。

2006年，怀来县委、县政府为更好地弘扬董存瑞精神，加强革命历史教育和爱国主义教育，对董存瑞纪念馆进行了扩建。

现今的董存瑞纪念馆占地18800平方米，展馆面积1150平方米，展馆由序厅、第一、第二、第三展厅、声光电模拟厅和多功能厅组成。纪念馆的建筑和景观注重了细节设计和人文精神，将董存瑞烈士短暂而光辉的一生，全面真实、具有艺术性地展现给观众。

智取敌碉堡

深夜。月光倾泻在地面，把山河、树林镀上了一层白银。夜很静，静得连露水从树叶上滚下来的声音也听得清清楚楚。在远处黑乎乎的山城里，驻扎着国民党军队一个旅部和两个团。山下田野里，三千多名解放军战士躺在地上，像麦苗一样，一点声响也没有。

董存瑞望着南面的高山。那山从东西两面向南围拢过去，好似半边城墙，山城就坐落在高山南面的山腰上。山城那座最高的山上，有敌人一个大碉堡。董存瑞心想：这一仗可得费点力气。

排长走到董存瑞跟前，轻声说："小董，团长叫你。"

隆化城西边最高的山——苔山

走到一个洼地，董存瑞一看，团长和参谋长蹲在掩蔽部里的地上，他们班上的小李，早已站在团长身边了。

团长用蒙着布、只露出一线光亮的手电筒，照着地上的地图，用手指着地图说："前面高山上，有敌人一个碉堡。那碉堡是敌人最高控制点，它驻扎了一个排，有两挺轻机枪。我们决定拿下它，那样，我们就可以从山上用火力控制山城，天亮前我们就可以胜利结束战斗了。"

董存瑞说："报告首长，明白了，下命令吧！"

"这是一个艰巨的任务。困难就是要不声不响地拿下它。山很陡，你们只能去三个人，而敌人有三十

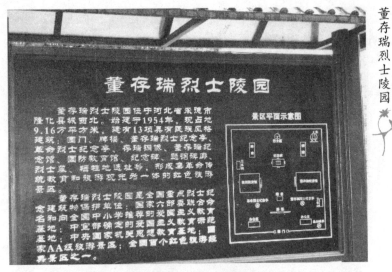

多，可不能轻敌……"团长详细地解释着。

"最重要的是要一枪不发拿下碉堡。小董，你挺机灵。你说，可以办到吗？"团长问。

"报告首长，一定做到！我明白，枪一响，全城就会闹翻，解决敌人就麻烦了。"董存瑞兴奋得脸都红了。

"好，拿下了碉堡，学几声夜猫子叫。出发！"团长下了命令。

董存瑞等三个人向山上爬行着。17岁的董存瑞感到担子很沉重，拿碉堡是这一仗胜败的关键。他知道敌人有两千多，我军也只有三千多人，如果不像狂风扫落叶那样把敌人消灭掉，那三四十里外一万多敌军压过来，就不好办了。

山很陡，尽是羊肠小道，很不好走。董存瑞愈向上爬，愈感到团长英明。这样的地方只能智取，不能硬攻。

看见碉堡了，董存瑞他们趴在小树丛旁，仔仔细细地观察。

敌人真狡猾，有两个人站岗，背靠背地站着。就是走动，也是一个站在原地转，一个向前十步、向后十步机械地走着。一个活像盘磨，一个活像钟摆，真拿他们没办法。

董存瑞他们一寸一寸地、轻手轻脚地往前爬，到离敌人二十来步远时，再也没法爬近了。扑上去，倒是可以把敌人消灭，但敌人一定会放枪……

时间一秒钟一秒钟地溜走了，都快三更天了。董存瑞他们急得眼睛冒火，心急火燎，可是还不敢大声呼吸。敌人呢，也许走累了，站累了，干脆背靠背坐在石头上，把枪横拿着，动也不动。

董存瑞绞尽了脑汁，想了许多办法，一个也不妥当。要是敌人只有一个岗哨，早就被解决了。现在是两个敌人，可就难办了。何况他们又居高临下。

忽然树枝响了一下，两个敌兵霍地站起来，把枪栓拉得啪啪响，大声喝着："谁？口令？"对方慢吞吞地说："大海！"接着一个粗犷的声音骂道："真是聋

了，连班长的声音都听不清。"敌人班长问了问情况，他训斥地说："小心点，有什么动静马上报告。要不，小心你们的脑袋！"说完就走了。

一切又沉寂了。董存瑞仔仔细细、前前后后想了想，忽然站起来，大踏步向前走去。

敌人哨兵大声喝道："哪一个？口令！"另一个也叫道："老子开枪了！"董存瑞不慌不忙，大声答："大海。"一个箭步跑上去，急急地说："团部有紧急命令！"敌哨兵问："什么命令？"这时董存瑞用左手把敌人两支枪一揽，右手举起手榴弹说："不许动！动就炸死你们！"就在敌人一愣神的当口，小李和王德胜早已跑上来，把敌人的枪缴了。

　　他们三个人把两个敌哨兵像粽子一样捆了又捆，还在他们嘴里紧紧塞上手帕。董存瑞轻声地说："不许动，委屈一下。我们会放你们回家的。"

　　董存瑞他们三个人，像猛虎般扑进了碉堡。敌人正在床上呼呼大睡，他们轻轻地把枪架上的枪收缴了。王德胜拿过机枪，对准床上的敌人大声叫道："不许动！动一下，我毙了你们！"

　　董存瑞急忙冲到楼上。敌人排长已经把灯捻亮了，正要爬起来。董存瑞喝道："不许动，缴枪不杀！"敌排长把床边的盒子枪丢给了董存瑞。

　　当董存瑞把盒子枪接到手的时候，敌人排长霍地从枕头下抽出了手枪。危险的时刻，董存瑞飞起一脚，把敌人手枪踢落了。

一枪不发，拿下了敌人碉堡。

董存瑞学猫头鹰叫了三声。解放军爬上了高山，机枪对准了山城。

红、绿信号弹升空了。

迫击炮、机枪狂吼着，枪弹像雨点般撒进城里。

冲锋号响了。解放军战士从四面八方，把梯子架上城墙，爬上城去。

董存瑞领着他的班，用炸药炸开了城门，突进城了。敌人从梦中惊醒了，有的满街乱窜，有的钻进了地堡顽抗。

一处处敌人的地堡被炸飞了。不到两个小时，战斗结束了。

有关董存瑞烈士事迹的第一篇报道

1948年5月25日下午4点过后，时任冀热察辽分局书记兼军区司令员的程子华同志来到隆化城视察战果。当走到隆化中学前面时，只见一个班的战士在那里恸哭。程司令员很奇怪，为什么打了胜仗反而哭呢？一问才知道，他们的班长董存瑞同志为掩护全连冲锋，为减少战友伤亡，舍身炸碉堡英勇牺牲了。战友们在现场找了半天，最后只找到了一只鞋，像是班长董存瑞的，现在正对着这只鞋哀悼他们的班长。程司令员听后沉默了一会儿，安慰并鼓励了全班战士后，回过头对秘书齐肃说："你连夜到董存瑞所在的部队里去，搜集有关董存瑞的事迹，专门写一篇报道给《群众日报》，头版头条刊登，还要写一篇社论颂扬！"齐肃和程司令员警卫班的两个战士，随后便到董存瑞生前所在连队搜集材料，当晚就写好了报道。

1948年7月11日，冀热察辽党报《群众日

报》刊登了题为《共产党员奋不顾身董存瑞自我牺牲使隆化战斗胜利完成》的报道。

同日发表在《群众日报》一版上程子华司令员的文章,题目是《董存瑞同志永垂不朽》。文章对英雄给予了高度评价:"人民英雄董存瑞同志,你是具有自我牺牲精神的榜样,我区全军将永远记着你的英勇。有了你那种坚决顽强的攻击精神,敌人的任何抵挡都是枉然……"

齐肃和程子华的报道,是有关董存瑞烈士事迹的第一篇报道。

共产党员奋不顾身　董存瑞自我牺牲
使隆化战斗胜利完成

——《群众日报》（1948年7月11日）

（前线电）齐肃报道：第四野战军第11纵队32师96团2营6连6班长董存瑞同志，在隆化战斗中以顽强杀敌的气概，作了永垂不朽的自我牺牲，他个人的英勇行动使隆化战斗的胜利起了一个很大的作用。

当我军拿下隆化之苔山制高点后，战斗进入纵深，部队逼近蒋匪城内中学的主要堡垒时，东北角的明暗地堡群和一个架在一道浅沟上的桥状碉堡，挡住了我军前进道路。敌用十几挺机枪和冲锋枪组成交叉火网，封锁很紧，无法接近，连上去两个爆破组都没有完成任务。但这时不拿下桥状碉堡战斗就再不能发展，更不能歼灭集中于中学里的全部敌人，于是优秀的共产党员董存瑞同志，不顾方才已完成了两次爆炸和连长对他的劝阻，坚决主动要求担当这个任务。经允许后，他就用手抹了抹汗，抱起炸药包一弯腰冲上去了。但当时没有木架或棍子可以把炸药支在堡垒中间，而放在桥状碉堡下又炸不毁它。

董存瑞同志为完成任务，置个人生死于度外，毫不犹豫地用一只手扶着炸药包，一只手拉导火索。在强烈的轰声中，敌碉堡毁灭，董存瑞同志也光荣牺牲了。我突击队随着浓烟冲进，解决了这一带蒋匪，俘敌百三十余，缴机枪冲锋枪各十余挺，占领了学校，完成了对苦山的包围圈，迫使残敌突围被歼。当教导员知道了董存瑞牺牲的经过后失声痛哭，连干部以后看地形时见到董同志的牺牲地都流泪不止，全连的战士们为他的英勇所感动，决心为他报仇。

董存瑞舍身炸碉堡

反攻的号角

一年多过去了。我军转入战略反攻。

为了捕捉敌人的"王牌师",我军在石海布置了一个"口袋阵"。

石海山形险峻,公路从山谷蜿蜒而过。我军全部埋伏在两边高山上。"老虎连"扼守在山谷入口处。这是"口袋阵"的袋口,他们的任务是待敌人进入了山谷就把"袋口"扎起来。

连长王万发将两个班放在小南山上。这座小山在谷口里面,正冲着公路。它是把守"袋口"的第一道关,是敌我必争之地。王万发在小南山后面的谷口,还布置了一道防线。他对战士们说:

"就是用牙齿也得把阵地咬住，决不能让敌人突破！"

董存瑞他们半夜就爬上了小南山。他们从黑夜一直等到中午，还不见敌人的影子。这十多个钟头很不好过。蹲在壕沟里，头顶盖着树枝，不能抽烟，不能讲话，也不敢动一动。这座小山离公路太近了，稍微一疏忽，就会暴露目标。

远处传来了摩托声。董存瑞眼睛里闪烁着兴奋的

董存瑞牺牲地址

光芒。

　　这支"王牌师",从手里拿的武器、头上戴的钢盔,一直到脚上穿的鞋袜,清一色美式装备。

　　敌人一进山谷,举起轻机枪向小南山打了一梭子子弹。董存瑞心一惊:莫非敌人发现了目标?他用镇静的眼光望着战友,要大家沉住气。敌人又连打了两梭子弹,这次子弹全部落在他们壕沟的上下。一位趴在茂密的草丛中的侦察兵受了伤。董存瑞心想:糟了,是不是敌人看出了什么破绽?为什么枪打得这样准?他又一想:也许不是。现在沉着最要紧,敌人不上山来,不走到壕边,决不能还手。不然,全部作战计划就完了。他用严厉的目光看着战友,用目光命令:不许动。那位负伤的战友,用嘴咬着泥,忍着剧烈的疼痛,一

动不动。

敌人射击完了，观察了一会儿，"哇啦哇啦"地喊了一阵，又向两边高山上射出了一连串儿子弹。这下，紧张的心情松弛了，董存瑞明白了：敌人并不是发现了什么目标，而是用火力侦察，看来这股敌人有相当作战经验，警惕性也很高。董存瑞心想：不管是强敌、弱敌，均不能轻视。

董存瑞烈士墓

敌人见山谷没有动静，就长驱直入地开进了山谷。

冲锋号声响彻云霄。霎时，两边高山

吐出无数火舌，董存瑞他们的两挺机枪，冲着敌人屁股开火了。连长王万发带了一排人，从高山冲下去，在小南山后面的谷口，占领了公路，急急忙忙修筑工事。"袋口"扎住了。

敌人慌乱了，有的向山上冲，有的趴在山脚向山上开枪。我军也从山上压下来，把敌人截成数股，激烈的战斗在山谷展开了。

敌人为了夺取退路，向小南山发动了疯狂的进攻。敌人两次冲锋均被打垮了。敌人又纠集了二百多人，开始了第三次冲锋。

这次敌人冲锋异常凶猛。我军集中了全部火力猛烈扫射，但还不能完全压制敌人。前面的敌人倒下去了，后面的敌人踏着前面的死尸，还是一窝蜂似的向上拥，他们很快就接近了山头。形势很危急。董存瑞知道，小南山不但虎视着谷口

朱德为董存瑞题词

内的公路，也虎视着谷口外的公路。一旦失守，敌人就可以居高临下，控制谷口平地我军的封锁线。他想：就是剩下一个人，也要用牙齿咬住阵地。他把手榴弹一个接一个丢出去，大声喊道：

"机枪手加强火力！同志们，打手榴弹！"

两挺轻机枪对着敌群疯狂地吼着；手榴弹像雨点似的飞出去。山上躺满了敌尸。敌人嚣张的冲杀声，立时变成了嚎叫声，滚下山去了。但是也有几个敌人冲上了山头。滚下山的敌人军官，一见他们有人冲上了山头，用枪逼着士兵又反扑上来。班长立刻带了5

——舍身炸碉堡的董存瑞

为了新中国前进

个人坚守阵地，射击扑上山来的敌人，董存瑞带着3个战士和窜上了山顶的敌人拼开了刺刀。战斗空前激烈。

董存瑞戳死了2个敌人，刺刀已经弯了，但一个敌人端着枪又猛刺过来。董存瑞一见，急忙将枪一丢，一闪身，敌人扑了空。董存瑞随即拦腰抱住了敌人，两个人在地上滚打起来。滚来滚去，滚到了山崖，敌人侧脸一望，惊慌了，大叫一声，双手松开了。董存瑞机灵地翻身抓住了小树，一脚将敌人踢下崖去了。

敌人反扑不成，拖来了一挺重机枪，机枪的火力十分猛烈，对小南山威胁极大。几个敌军官又纠集了一股敌人，正逼着他们向山上冲锋。

"班长，敌人要冲锋了。那挺重机枪对我们很不利。你用火力支援我，我去干掉它！"董存瑞说。

"副班长，你守阵地，我去！"班长对董存瑞说。

"你是一班之长。还是我去！"董存瑞坚决地说。在战场上董存瑞从来都是争着担任最艰巨、最危险的任务。

班长亲自端起轻机枪，向敌重机枪扫去。董存瑞翻身冲下了山。他的动作非常迅速，敌人还没摸清这是怎么回事时，董存瑞已经跑近了重机枪，早脱手飞出了两颗手榴弹。敌人的机枪被炸毁了。

山谷的枪声渐渐稀了。向小南山冲锋的敌人，忽然混乱了，四散奔逃。董存瑞抬头一看，只见我

军从四面八方冲进了山谷。王万发也带了一排人，从山谷口冲进来了。

董存瑞把帽子扬起来，大声喊道：

"同志们，冲呀！"他和班长带着仅剩下的5个战士冲下了山。

战斗胜利结束，"王牌师"全部被消灭了。王万发告诉董存瑞："敌人师长被我们捉住了。就是他，拼命组织特务营攻打你们小南山呢。"

这次战斗，团部给董存瑞评了一次大功。

一年多来，董存瑞先后立了四次大功，久已埋藏在董存瑞心里的愿望也实现了，他被批准加入了中国共产党。

连环画《董存瑞》封面

董存瑞生前所在部队

董存瑞是中国人民解放军东北野战军第11纵队32师96团2营6连6班班长。1948年在解放河北省隆化县的隆化攻坚战中，舍身炸碉堡而阵亡。

第11纵队是由冀察热辽军区部分地方武装发展起来的。1945年11月，晋察冀军区各团合编为晋察冀军区第二野战军刘道生纵队第8旅（董存瑞生前所在部队）；1946年7月，晋察冀军区第二野战军刘道生纵队第8旅改称晋察冀军区独立第5旅；1947年4月，冀察热辽军区划归东北民主联军建制，第5旅改称冀察热辽军区独立第2师；1948年3月，冀察热辽独立第2师和其他部队一起，整编组建为东北人民解放军第11纵队。

1948年6月，第11纵队参加了华北军区发起的冀热察战役，配合华北野战军钳制国民党军队对东北的增援。在隆化攻坚战中，第32师96团6连共产党员董存瑞，手托炸药包舍身炸掉桥头堡，为部队扫除前进障碍，被追认为纵队战斗英雄、模范共产党员。

1948年11月1日，根据中央军委关于统一全军编制和部队番号的命令，第11纵队改称中国人民解放军第48军，董存瑞生前所在部队改称第48军143师。1950年9月中央军委召开全国战斗英雄代表会议，第143师三人光荣地出席并被命名为"全国战斗英雄"：董存瑞的战友、特等战斗英雄郅顺义；全军唯一的女战斗英雄"新时代花木兰"郭俊卿；独胆英雄杨世南。同时，在隆化攻坚战中舍身炸碉堡牺牲的班长董存瑞，也被追认为"全国战斗英雄"。一个师出了4个"全国战斗英雄"，这在全军也是不多见的。

这支英雄部队经过隆化攻坚战、塔山阻击战、赣南粤北剿匪作战、抗美援朝作战等血与火的洗礼，终于百炼成钢！

鱼 水 情 深

　　每天急行军百来里，已经连续好几天了。战士们脚上旧水泡未愈，新水泡又起了。

　　董存瑞还是那个老脾气，再累手脚也闲不住，干起事来，一声不响。一到宿营地，背包一丢，他就悄悄地把屋里屋外打扫得干干净净；水缸挑得满满；洗脚水烧得滚烫。然后，他手拿穿了线的针，吹着口哨，说："同志们，今天一百一十里，没有被吓倒吧?"

　　"莫说一百多里，三百里也不在话下。没有这点能耐，还干革命?"小李和王德胜一齐说。

　　董存瑞捉住了小李的脚，放在盆里细心地给他洗

董存瑞烈士陵园

为了新中国前进
——舍身炸碉堡的董存瑞

去污泥。16岁的小
李，撒娇似的把自
己身体偎在董存瑞
身上。

　　"班长，今天
我的成绩不差吧？二十里一个泡。"小李说。

　　"小鬼，逞什么能，走都走不动了，还死命不让
人背枪。"董存瑞就爱这股倔强劲儿。

　　"班长，你两条腿，我也两条腿，你背了两支枪，
两个背包，我的枪还能让你背？"

　　"少废话。不要动，开刀了。"董存瑞开着玩笑。
他细心地用针穿过水泡，轻轻拽着线。水随着线流出
来了，小李脚上6个水泡都瘪了。

　　董存瑞刚要挪动，王德胜从背后突然把他的针线夺去了。

　　"班长，我有一肚子意见！"王德胜粗亮的嗓门，几乎把大家吓了一跳。

　　"一肚子意见？那真不得了。"董存瑞含笑地望着这个又高又壮的大个子战士。

　　"你名堂真多！那么多'半个'，今天我解除你'半个'武装。"平常董存瑞爱帮别人做事，大家送了他许多"半个"的称号。卫生员叫他"半个大夫"，伙房叫他"半个炊事员"，房东叫他"半个主人"，文化教员叫他"半个歌手"……王德胜总担心班长会累坏，可是几次都没能说服他，这次不能不动点武了。王德胜用力过猛，竟把董存瑞摔倒在床上。他顺势急忙抱

起董存瑞的脚。当他眼光触到董存瑞脚上那个大血泡时，不由一愣。王德胜一针穿过去，线抽得又急又猛，不觉扯下一大块皮，血流不止。

"猛张飞，让开，让开，这不是拼刺刀。"小李接过手来，做得又轻快又利索。王德胜尴尬地笑了。董存瑞拍了拍王德胜说："傻大个，扯破点皮算得了什么！"

第二天又是急行军。隆化城已经在望了。解放隆化城就等于在敌人背上插上一把刀，有力地支持了东

北友军的大会战。目标愈近，战士们心情愈急，脚步也愈快了。

队伍沿着山谷蜿蜒急行。董存瑞的班是尖兵班。他们离大队有五六里远。他们脚步下得又大又快，简直像小跑。

董存瑞深感担子沉重，全师人员的安全，都在一班人身上。他们一边走一边搜索，不放过一点可疑的地方。

转过山嘴，突然发现前面村庄起火。董存瑞把全班分成两组，立刻向村庄飞奔而去。

熊熊烈火和浓烟笼罩着整个村庄。村道被火封住了，进不去。放火焚烧村庄的国民党匪军，早已逃得

为了新中国前进
——舍身炸碉堡的董存瑞

1947年冀鲁豫　冀南军区　陕西四分区当委员会　东北人民解放军　华东人民解放军
一等人民功臣奖章　甲等英雄奖章　特等工作模仿奖章　模范奖章　特等功奖章

华北军　鲁中军区　1950年西北军政委员会　1950年西南军区后勤英模大会　山东军区
一等功奖章　战斗英雄奖章　人民功勋章　三等奖章　民兵一等功劳奖章

无影无踪。董存瑞要副班长带一组人绕过村庄，继续追击前进。他自己带领一组人冲进了村庄。

村中浓烟滚滚，东一栋屋西一栋屋，在烈火中倒塌下来。战士们拿了水桶、木盆，帮助群众救火。

一幢茅屋，火越烧越旺，整个屋子成了一团火。一个妇女披头散发，伸着被火烧伤的双手，啼哭着向屋里冲去。火势很大，无数条火舌把她逼出来了。她身上衣服也烧着了。

董存瑞瞧见，三步两步窜过来。他听见屋里有哭声，心里明白了，二话没说，急忙冲进屋去。一阵浓烟烈火把他喷出了大门。董存瑞的帽子烧着了，烟呛得他咳嗽不止。微弱的哭声断断续续传来，这声音牵动了他的心，声声落在他心里，声声使他发痛，一个革命者能见死不救吗？不！董存瑞一咬牙，又冲进了烟火之中。

进到堂屋，哭声听不见了。董存瑞被烟熏得快窒息了。他在堂屋摸索了一阵，拼命叫了几声，杳无声息。他向内室走去，内室门闩上了，门烧得像块火炭。董存瑞感到自己就要晕倒，只得又退出来。

那妇女一见董存瑞，顿时傻了。董存瑞的袖子、裤子被烧去了半截，脸上漆黑，眼泪哗哗地流着。她急忙帮着董存瑞扑灭身上的火。矛盾的心情压得她透不过气。她爱她的孩子，可是她又不忍心看见自己的同志往火里钻。她横了横心，不觉放声哭起来，

"同志，我求求你，别进去了！"

董存瑞心里起了风暴，妇女的眼泪像滚油一样浇在他心上，他不甘失败，他不能眼睁睁看着一个人活

为了新中国前进

——舍身炸碉堡的董存瑞

活被烧死。他捶了捶自己发热的脑袋，擦了擦眼泪，用极大的力量压抑着自己的激动，又重新冷静地观察了一番。如同每次作战一样，他习惯地挥了一下手，"嗖"的一声，从窗口跳了进去。浓烟把董存瑞吞没了。那妇女想阻止也来不及。她急忙扑向窗口，哽咽地叫着：

"同志，快出来吧！我求求你！"

董存瑞眯着眼，向床上摸过去。手烧痛了，起泡了，可是什么也没摸到。烟越来越浓，滚滚的浓烟熏得董存瑞眼睛睁都睁不开。他叫了几声，除了"噼啪噼啪"木料炸裂的声音外，什么响声也没有。难道人已经烧死了？尸首也要抱出去！

突然，黑暗里"哇"地哭了一声。董存瑞喜得心怦怦跳。他就地向哭声滚过去。在床角的墙边，他碰到一个软东西。他如获至宝似的紧紧把孩子抱在自己的怀中。忍着痛苦，他竭力睁开了眼睛，只见全屋成了浓烟火海。黑烟夹着火光从窗户涌出去，□大半个窗户都封住了。他毫不犹豫地一脚踏上那□□□□的窗槛，纵身跳出去。

董存瑞全身漆黑，身上冒着烟。他忍着疼痛□□力睁开迷迷糊糊的眼睛，看了看怀中。只见怀中是个小女孩，她伸出了小手，抓他的胸口、嘴巴。他脸上露出浅浅一丝微笑。他把孩子肩上的一团火，用手捏灭了，接着扑打自己身上被烧着的衣服。那个妇女跌跌撞撞跑来了，把自己手中一桶水，没头没

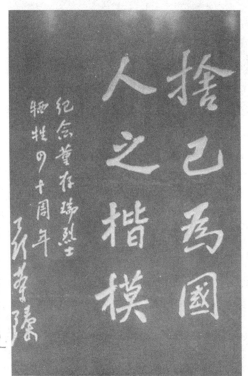

捨己爲國 人之楷模

纪念董存瑞烈士牺牲四十周年

聂荣臻

董存瑞牺牲40周年，聂荣臻题词

脑往董存瑞身上一浇。董存瑞顿时清醒了，他亲了一下孩子，把她交给了母亲。

母亲刚接过孩子，"轰隆"一声，房子倒塌了。她心一惊，紧紧抱住孩子，亲了又亲。她用感激的眼光，深情地望着董存瑞，感激地说：

"同志，您贵姓？多亏您。"接着又说，"看，衣服都烧坏了，回头我给您补补。"

那个小女孩偎在妈妈怀里，侧着头，用天真的眼光望着董存瑞，叫着："叔叔，叔叔！"

董存瑞走进来，轻轻抚摸着小女孩的头，轻声说：

"叔叔叫解放军。"又转过头来说，"大嫂，不用了。我要走了。一会儿，我们部队来了，他们会帮助你们的。"

说完，董存瑞向她们摆了摆手，消失在村道的浓烟中了。

为了新中国前进
——舍身炸碉堡的董存瑞

董存瑞烈士陵园

为纪念英雄董存瑞的不朽业绩，1954年经热河省政府批准，在隆化县城西北的苔山脚下伊逊河东岸，修建了董存瑞烈士陵园。后经几次扩建，现占地面积7.1万平方米。

陵园是具有民族风格和鲜明时代特色的仿古建筑。主体纪念建筑11项，既宏伟壮观，又庄严肃穆。平面布局为中轴对称式，在中央主轴线上，自南而北依次是大门、牌楼、塑像、

董存瑞烈士陵园

纪念碑、墓；在牌楼侧后，是对称的董存瑞碑
亭、革命烈士碑亭、董存瑞烈士纪念馆、国防
教育纪念馆；还有两座题词碑廊。整个建筑群
体构成了较为完整的纪念体系。

　　董存瑞题词碑廊，东西各一座，共镶嵌着
由花岗岩刻制而成的党和国家领导人聂荣臻、
杨尚昆、程子华、迟浩田、朱学范等，以及知
名人士为董存瑞题词的碑刻47块。

董存瑞烈士陵园中，刻有毛泽东题词的牌楼

爆 破 尖 兵

　　傍晚，部队逼近了隆化。

　　敌人已经将隆化变成了一座地狱。从黑暗里望去，更是阴森森。他们在城的四周修筑了一连串高高低低的碉堡。在他们的司令部的所在地——隆化中学，更是地堡林立，许多条看不见的暗沟，把一连串的"子母堡"连接在一起。地堡上全是枪眼。

　　中学里面，敌人把所有的墙壁都变成了有射击孔的夹墙，回周筑着有射击孔的暗沟暗堡，就像蜘蛛网似的布满了全校。在中学两边的苔山上，也是一连串的地堡和暗沟。

现在的隆化县城街景

　　狡猾的敌人，把最坏的一招也打算好了：如果我军突进校内的话，他们可以跑进夹墙和暗沟去。苔山上的火力，就可以对准学校扫射起来。校内暗藏的火力也可以交叉射击，这样敌人的子弹差不多可以扫遍校内每一个角落。

　　几天前，敌人的军长，还特地跑来给他的部下打气。他狂妄地吹嘘："我们是'王牌军'，隆化是攻不破的城市!"

　　我们的部队在隆化的周围挖着交通沟。董存瑞的班是挖得最快的一个。休息的时候，他跑到连部去，碰到指导员就问：

"是不是批准我送第一包炸药?"

"不要急,有得打的。"

"快答应吧!我心里着了火啦!"

一天下午,连里开动员大会了。四面红旗插在主席台上,春风将红旗刮得哗哗地响。这几面红旗分别写着:"爆破""火力""突击""支援"等字。其中写着爆破的红旗特别大,它象征着在所有这几项工作中是处于主导地位。

这面旗子代表着一种荣誉,谁要是取得了它,就负担了全连最光荣的也是最艰巨的任务:爆破敌人的地堡,为部队前进开辟道路。

董存瑞纪念馆

　　动员报告刚做完，战士们都争先恐后地报名，表示自己的决心。董存瑞第一个上台，讲了自己的决心和完成任务的条件。末了，连长讲话了。这是非常紧张的时刻，热烈的会场霎时变得鸦雀无声，谁都希望这个光荣任务落在自己头上。

　　"同志们，根据各项条件，董存瑞应该担任第一名爆破手，大家同意吗?"连长刚说完，许多人都鼓掌同意。但左边角落的战士们，既不喊同意也不鼓掌，看样子，他们很不服气。这是一班的十几个同志，他们的爆破技术也很不错，他们因为没有抢到这个任务有些小情绪，认为董存瑞也有缺点，担任这个重要任务不适合，所以鼓着嘴不说话。

　　连长王万发望着他们，打心眼儿里爱这些战士。他知道他们都是一些什么样的人，他很为自己能带领这样的战士感到骄傲。他脸带微笑，用眼睛盯着一班说:"有意见吗?有意见就说吧!"

　　一班长站起来了，他说:"董存瑞他们的班爆破技术好，作战勇敢，遇事有办法，处处又能带头，这些我们没有意见，只是有点不够沉着……"

"说具体点吧！"一个战士插嘴说。

"昨天晚上，他侦察的时候，为什么暴露了目标？这是不是不沉着？"这是他们对董存瑞的全部意见。他们认为董存瑞既然不够沉着，还不如由他们担任这个任务更恰当一点。

"不是董存瑞不沉着，是我的不对！"一个新战士站起来说，"昨天晚上，我们一起去侦察敌人的地堡，当我们爬过敌人铁丝网时，敌人的哨兵走了过来，我慌了一下，碰响了铁丝网上的挂铃，敌人就对我们开起火来。可是，在这极危险的情况下，董存瑞向敌人开火了，把敌人的全部火力吸引在他自己身上，让我们脱了身。但是，正因为敌人开了火，我们把敌人的火力侦察得一清二楚，完成了任务。这一点也不能怪

董存瑞烈士牺牲地址简介

董存瑞同志。"

一班长听了，羞得脖子都红了，他在责备自己，为什么不调查一下就发言呢？他现在对董存瑞一点意见也没有了，一班的同志们也和他一样，觉得不能怪董存瑞不沉着，相反，他是多么勇敢，多么沉着啊！

董存瑞听了，他觉得自己还是有责任，站起来说："暴露目标我有责任，我是一个班长，我还没有很好地稳住一个经验不多的新战士，今后我在这方面是需要更好地努力。但是，我希望大家还是把第一个爆破任务交给我们！"

连长接着说："大家都很清楚了，你们是不是都同意董存瑞担任第一个爆破任务呢？""唰"地一下，全

连的手都举起来了，
一班长的手举得挺
高。

董存瑞走上主席
台，兴奋地接过红旗，
他庄重地说出了自己
的决心和保证：第一，坚决完成爆破任务，不消灭敌
人，誓不回来！第二，轻伤不下火线，重伤不喊叫。

董存瑞开始点将了。他要选择和他一起合作的火
力、突击、支援等小组人选了。战士们都紧张起来，
眼睛死命地盯着董存瑞，似乎是说：选我吧！

董存瑞又兴奋又紧张，脸上不觉露出难色。他知道
每个人都希望选中自己，但是，这怎么行啊，难道全连
都去送炸药吗？他选了郅顺义做突击组长，选了二排长
做火力组长。现在只剩下支援组长了。他拿着写着"支

援"大字的红旗走来走去，战士们心情紧张极了。他的眼光刚一碰上一班长的眼光，一班长脸都红了，急忙低下了头，一班长认定董存瑞是不会选中他的。

"支援组长，一班长！"董存瑞大声叫着，把红旗递过去，如雷般的掌声响起来了。一班长一个箭步跑上去，接过旗，紧握着董存瑞的手，激动得快掉泪了，说："我们全力支援！"

党支部又决定董存瑞担任执行爆破任务的整个组织的党小组长。他感到这是党对他莫大的信任。他决心要坚决完成党和人民所交给他的任务。他在党小组会上提出：任务要坚决完成，但处处要勇敢沉着，火力一压住敌人，就立刻冲上去；如果压不住敌人，也要找敌人火力交叉的空隙钻过去。

解放战争中的三大战役

三大战役，是指1948年9月至1949年1月，中国人民解放军同国民党军队进行的战略决战，包括辽沈、淮海、平津3个战略性战役。辽沈、淮海、平津三大战役，历时142天，共争取起义、投诚、接受和平改编与歼灭国民党正规军144个师，非正规军29个师，合计共154万余人。国民党赖以维持其反动统治的主要军事力量基本上被消灭。三大战役的胜利，奠定了人民解放战争在全国胜利的基础。

淮海战役纪念塔

解放战争

解放战争，是 1945 年 8 月至 1949 年 9 月，中国人民解放军在中国共产党的领导和广大人民群众的支援下，为推翻国民党统治、解放全中国而进行的战争。解放战争期间，共歼灭国民党军 625 万余人，摧毁了国民党各级反动政权，从根本上推翻了帝国主义、封建主义和官僚资本主义在中国的统治。1949 年 10 月 1 日，中华人民共和国宣告成立。

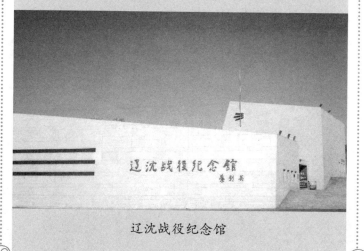

辽沈战役纪念馆

为了新中国　前进

　　朝霞染红了东方。董存瑞手挟炸药包，伏在前沿阵地壕沟里，待命出发。临攻前的时间，变得那样难熬，好像一分钟比一天还长。

　　董存瑞的任务是扫清敌人外围工事。这个核心工事共有 4 个地堡。董存瑞事先进行周密调查，计算了又计算，制订了他认为满意的作战方案。

　　开始攻击的信号弹飞上了天空。

　　大炮吼叫着，炮弹带着刺耳的尖叫声飞向敌阵；机枪像台风一样，狂扫敌阵……敌人的炮火也猛烈还击。隆化城顿时成了一片火海。

董存瑞纪念馆

爆破手出击的命令下来了。

董存瑞一挥手，火力组的机枪狂叫着，用炽烈的火力，压制着敌人的地堡。董存瑞挟起炸药，一个箭步冲出去了。郅顺义、王德胜、小李……也紧跟着冲出去了。

中华魂 百部爱国故事丛书
ZHONGHUA HUN

　　董存瑞弯着腰，像一阵风一样，跑着之字形接近地堡。敌人发觉了，集中全部火力向董存瑞扫来。董存瑞眼尖腿快，早趴在土坡下。

　　郅顺义对准地堡，扔了两个手榴弹。响声刚起，董存瑞早从烟雾中冲了上去。

　　董存瑞冲到地堡前，敌人机枪又响了。他机智地伏在地堡的两个枪洞之间。机枪震得他微微发颤。他迅速地把炸药架在地堡上，拉响了导火线，随即翻身滚了下来。

　　山崩地裂一声响，一股黑烟冲向天空，地堡被炸飞了。董存瑞被气浪震得头发昏，耳朵里嗡嗡响。他

知道，这是紧要时刻，一秒钟也不能错过。他跃起身来，挟起第二包炸药，冲过第一个地堡的烟雾，跑到了另一个地堡边。当敌人清醒过来时，他早把炸药拉响了。这个地堡又炸飞了。

紧接着又是两声巨响，王德胜和小李把另外两个地堡也炸掉了。

我军的小号兵，站在山丘上，激昂的冲锋号声响彻云霄。王万发连长挥着红旗，全连冲上去了。吓破胆的敌人，仓皇溃退了。外围战胜利结束。

战士们向敌军司令部——隆化中学猛扑过去。正当这紧急关口，敌人6挺机枪，像狂风暴雨般打过来。这突如其来的火力，把我军战士压制在一条小土坡下面，抬不起头来。

现在的河北省隆化存瑞中学

原来那6挺机枪是从桥上打来的。那座桥筑在中学墙外的河上，桥的两边筑有墙，顶上还有盖顶，成了一个坚固的碉堡。不拿下它，就接近不了中学。

连长用坚决的声音说："二排去爆破！"

爆破手李振德挟着炸药冲上去了。他忽而左，忽而右，向敌人碉堡急驰而去。他用这种巧妙方法，前进了几十米。但是，密集的子弹打中了他。他倒下了。

战士们都屏住呼吸，焦急起来。就在这时，他又挣扎起来，向碉堡爬去。但这是一片开阔地带，无处隐蔽，他牺牲了。

"连长，我去炸掉它！"董存瑞爬过来说。

连长摇了摇头。他知道董存瑞刚完成了艰巨任务，需要休息。

接连派出两个爆破手，都没有完成任务。

"连长，我去炸掉它！"董存瑞又请求道。

连长紧咬着牙，没有作声。

团部来了紧急命令，友军突进敌司令部了，要连长赶快从东北角插进中学去。

董存瑞握得拳头格格响，为了胜利，是刀山他也要爬过去。他对连长说："请准许我去！"

连长紧握着他的手。董存瑞立刻感到有一股热血流遍了他全身。连长关切地说："小心点！"

"连长，我去掩护他爆破！"郅顺义向连长请求。

连长点点头。

董存瑞烈士陵园

　　同志们扔出了手榴弹，董存瑞、郢顺义纵身跳了出去。

　　董存瑞忽左忽右地爬着。敌人的机枪打紧了，他就伏下不动。敌人以为他死了，转移了射击目标。这一刹那，董存瑞迅速地滚进了好几米。敌人的机枪，又慌慌张张朝他打来。突然，像有人猛撞了他一下，脚麻木了，血一滴滴流出来，洒在沙土上。

　　伤口愈来愈疼。他咬着牙，不去理会它。他思考的是：怎样才能接近碉堡。他环顾四周，尽量选择有利地形，向前爬去。

　　敌人在疯狂地挣扎，6挺机枪，像撒胡椒末似的把子弹打过来。董存瑞面前成了一片火海，死神紧紧地压迫着他。他仅仅靠着一块洼地，隐蔽身体。敌人的碉堡离董存瑞不过50米。但这一带，每寸地都落下密密的子弹，就是鸟儿也休想飞过去。

董存瑞知道，50米看来很近，实际距离很远。只要一步不慎，自己就永远不能完成党交给自己的任务了。他想：硬冲过去是不行的，必须用智慧。他向郅顺义做了一个手势，郅顺义立刻用手势回答：准备好了。董存瑞感到很满意。老战友和他合作得多好，即使一个眼神，一个手势，都能很快领会。

郅顺义接二连三扔出了手榴弹。手榴弹在碉堡前炸开了花。敌人愣了一下，机枪卡住了。在这一瞬间，董存瑞借着黑烟的掩护，爬起来，冲着碉堡跑去，跳到河里。郅顺义也跳进了河前的壕沟。

这是一条干涸了的河，河上有座桥，碉堡就筑在

英雄牺牲地

这桥上。

敌人清醒了，6条火舌继续疯狂舔着前面的开阔地带。可是敌人对董存瑞已无可奈何了。

董存瑞走到桥下。这桥离河床有一人多高。他没有火药支架，河里也找不到一根棍子。董存瑞只好将炸药包放在桥沿上，可是两次都滑了下来。要是放在河床上，又炸不毁碉堡。他急得身上像着了火。

中学里面，冲杀声一阵紧似一阵。董存瑞心急如焚。他很清楚，每延长一分钟，就会有更多的战友伤亡。他手中只有一包炸药，怎样才能用这包炸药炸毁碉堡呢？

董存瑞眼睛闪着光芒，思潮似波涛般汹涌。他仿佛看见被桥头碉堡火力压住的战友盼望着他；隆化中学里的战友迫切地需要他支援；全国人民殷切地希望他扫清障碍……为了胜利，就是牺牲自己，也要炸毁敌人的碉堡。

董存瑞挺起胸，昂起头，大踏步走到桥底中央，毅然用左手托起炸药包，抵在桥底。

他用右手将导火线猛一拉。导火线烧着了，闪着耀人的火花，急速地烧向炸药包。

董存瑞看了一眼导火线，火焰离炸药包只有一寸多了。他用尽全身力量，大声喊道：

"同志们，为了胜利，为了新中国，前进！"

随着火光一闪，巨大的响声震得山摇地动。浓烟把太阳也遮住了。碉堡被炸得无影无踪。

为了新中国，前进

19岁的董存瑞英勇地献出了自己年轻的生命，用自己的身体为胜利开辟了前进的道路。

那巨大的响声，就像一声号令，战士们一跃而起，冲过烟雾，扑向敌人。

王万发高声喊道：

"同志们，前进！为董存瑞报仇，前进！"

队伍像潮水般涌进了隆化中学。

红旗在隆化中学升起，残余敌人投降了，隆化解放了。

师首长和战友们跑到桥型碉堡前，默默地脱下帽子，向中国人民和中国共产党优秀的儿子致敬！

伟大的英雄，中国人民优秀的儿子——董存瑞，就这样壮烈地为祖国献出了自己年轻的生命。他高尚的品质，英雄的形象，将永远活在人民的心里。

董存瑞名誉权之争

20世纪中叶，郁达夫先生在悼念鲁迅的时候说："没有伟大人物出现的民族，是世界上最可怜的生物之群；有了伟大的人物而不知拥护、爱戴、崇仰的国家，是没有希望的奴隶之邦。"

战斗英雄董存瑞，为了新中国的建立而舍身炸碉堡的壮举，早已写进了中小学课本、写进了军史、写进了党史。这位集中体现了中国军人"奉献牺牲""报效国家"优秀品德和高尚精神的英雄，已经成为民族魂、军魂、党魂的一个特定代表。悬挂在全军各个连队的英模肖像中的董存瑞，正是手托炸药包炸毁敌碉堡的那个永恒瞬间。

董存瑞的英雄形象已经成为中华民族宝贵的

董存瑞的家人

精神财富。

董存瑞舍身炸碉堡的英雄事迹广为流传，并激励了新中国一代又一代人不断成长。然而，让人意想不到的是，2006年8月，国内某电影杂志刊登了对电影《董存瑞》导演郭某的访谈文章（《董存瑞："真实"创造的经典》）。文章里表示，"没有谁亲眼看见他托起炸药包的情景，这完全是事后根据一些蛛丝马迹推测出来的……"与此同时，在某电视台某栏目播出的电视专题片《电影传奇——董存瑞》中，郭某也发表了类似言论。

一石激起千层浪。董存瑞的英雄事迹及英雄形象，一直根植并生长于民心，现在却被质疑为"推测"，惹火了董存瑞的亲人，更激怒了具有正义感的军人以及无数群众。

社会上的有识之士纷纷指出：此等不良炒作，是对英雄和先烈的极大侮辱。在中国革命史中，产生过无数个像董存瑞这样的英雄，至今受到全社会的尊崇。他们身上所具有的献身

精神，体现的是中华民族之魂。对他们的不尊重，应被视为对我们民族精神的亵渎。不论那些别有用心的人，是从历史角度歪曲还是用娱乐形式丑化，损害的都是我们中华民族的道德传统，伤害的是人民群众的感情。

郭某的"爆料"引起了董存瑞亲属和生前战友的强烈不满。董存瑞当年的战友肖泽泉（董存瑞牺牲时任团政委，老红军）、宋兆田（时任营教导员）、程抟九（时任师干事并在董存瑞所在连队蹲点）等十几位英雄事迹的历史见证人、吕小山（原董存瑞烈士陵园主任）等有识之士愤怒异常。2007年3月，董存瑞的妹妹董存梅、弟弟董存金将发表郭某说法的某杂志社、某电视台和电影《董存瑞》的导演郭某等告上法庭，状告三被告否认历史事实，降低了英雄的名誉，侵犯了英雄的名誉权，要求被告公开赔礼道歉并赔偿精神损失。肖泽泉、宋兆田、程抟九三位老战士也站了出来，作为第三人参加诉讼。

当年亲眼看见董存瑞托起炸药包的有郭成华、宋兆田、程抟九、郅顺义、王世凯、刘均、杨德祥、任光玉、秦有章、闫世太等20多人。程抟九说，"我和董存瑞当年一起攻打隆化中学，我和一些战友亲眼看见董存瑞舍身炸碉堡，怎么在这个郭某的嘴里，董存瑞的英雄事迹成了'推测'出来的呢？"程抟九和另外十几位当年亲眼看见董存瑞炸碉堡的老战士一起作证；程抟九还被中央电视台《新闻会客厅》栏目邀请到北京，就"恶搞"董存瑞英雄事迹一事进行反击。

在董存瑞生前所在部队，新战士入伍后讲的第一个故事是董存瑞；读的第一本书是《英雄董存瑞》；唱的第一首歌是《当兵要像董存瑞》；看的第一部电影《董存瑞》；开展的第一个集体活动是参观董存瑞纪念馆；上的第一堂政治教育课是感悟董存瑞；第一次宣誓是在董存瑞塑像前……在此次诉讼中，董存瑞生前所在部队也作为第三人也参与了进来。驻吉林省延吉市的董存瑞生前所在部队官兵，推举部队政治部主任徐学泉作为代理人提起诉讼。他们的诉讼请求是：英雄董存瑞是全军的英模人

董存瑞纪念馆

物，作为董存瑞生前所在部队，与英雄名誉有着直接利害关系。被告的行为构成侵犯英雄董存瑞的名誉权，应当依法承担民事责任，被告还应在该杂志和该电视台上承认错误、赔礼道歉、挽回影响。

英雄部队走上法庭为英雄维权，这在全国尚属首次。针对董存瑞的事迹是"推测"出来的言论，董存瑞生前所在部队的官兵十分愤慨："英雄董存瑞是我们建设部队的精神财富，是苦

练精兵和英勇杀敌的核心动力。英雄的名誉不容许任何人玷污。"

2009年8月，历时两年多后，在北京市朝阳区人民法院多次协调、调解下，原被告双方达成协议：(一)被告郭某、某杂志社在近期的刊物上发表文章以叙述董存瑞在党的培养教育下，从一个普通农家孩子成长为一名人民英雄的光辉战斗历程，承认电影《董存瑞》是一部生动再现了董存瑞在隆化中学战斗的关键时刻的英雄壮举的优秀影片；(二)被告方赔付董存梅、董存金诉讼费等。

董存瑞名誉权之争已经尘埃落定。但是，为了弘扬正气，继承英烈的革命光荣传统，让英烈的光辉形象永驻国人心间，让英烈的革命精神永远得到传承，还任重道远。

董存瑞烈士墓

中华魂·百部爱国故事丛书
提　　要

《誓与禁烟相始终——民族英雄林则徐》

林则徐严禁鸦片，坚决抵抗西方列强的侵略，坚持维护国家主权和民族利益。他是中国近代历史上第一位睁眼看世界的人，是抗击帝国主义殖民侵略的第一人，是中华民族抵御外侮过程中伟大的民族英雄。

《血洒虎门御敌寇——抗英将军关天培》

民族英雄关天培，在第一次鸦片战争中为了抗击英国侵略者的入侵而血洒虎门，为国捐躯，谱写了一曲可歌可泣的英雄赞歌。关天培用他的生命，书写了中国人民反抗外侮的历史。

《威震镇海靖节魂——抗敌英雄裕谦》

在第一次鸦片战争期间的众多牺牲者中，有一位官阶最高，他就是两江总督裕谦。裕谦与外国侵略者斗争立场坚定，与国内妥协派、投降派斗争态度坚决。裕谦督战镇海，与英国侵略军浴血奋战，临危不惧，以身报国，浩气长存。

《斩邪留正解民悬——太平天国领袖洪秀全》

农民出身的洪秀全，从失意文人到起义领袖，经历了长期的思想演变过程，在外敌入侵、清朝政府腐朽的历史环境之下，顺应时代的潮流，成长为一位非凡的历史英雄人物，建立了与清朝政府相抗衡的农民政权——太平天国。

《仰承汉唐　荟萃中外——近代数学家李善兰》

李善兰是我国19世纪重要的科学家之一，在数学、天文学、力学等方面都有重大建树。他继承了我国古代数学的成就，又以极大的热情传播西方科学文化，"仰承汉唐，荟萃中外"，把自己的一生献给了科学事业。

《严谨治学　勇于探索——近代著名数学家华蘅芳》

华蘅芳，中国近代数学家之一。其精通中国古算学，并熟练掌握西方近代数学，是中国验证抛物线并著书立说的参与者。为了证明"外国有的，中国也能造"而鞠躬尽瘁，在引进西方科学技术、传播科学知识上贡献卓著。

《折冲樽俎护山河——近代著名外交家曾纪泽》

曾纪泽是中国近代史上著名的爱国外交家，在中俄伊犁交涉事件中，他秉承抵抗列强、保卫国家的坚定意志，利用外交手段全力同沙俄抗争，捍卫了国家主权、民族尊严，收回了祖国的领土，在近代中国外交史上留下了光辉的一页。

《甲午海战留英名——民族英雄邓世昌》

邓世昌，北洋水师名将。本书以邓世昌的成长过程为线索，以代表性的历史故事为主要内容，还原真实的历史事件，突出鲜明的人物性格。邓世昌因在中日甲午海战中突出的英雄气概而名垂史册，书写了伟大的爱国主义篇章。

《誓与舰队共存亡——北洋水师提督丁汝昌》

丁汝昌处在清朝政府的腐朽和李鸿章的专断下，难以施展爱国的抱负，壮志未酬，愤恨而终。但丁汝昌为建立近代海军作出的巨大贡献，带领北洋舰队爱国官兵勇抗强敌的英雄事迹，将永远为后代所传颂。

《镇南关上凯歌扬——抗法老英雄冯子材》

1885年中法战争中，年逾古稀的冯子材为抵御外国侵略，勇赴国

难，大败法军于镇南关，并乘胜追击，接连收复文渊、谅山等地，从根本上扭转了中法战争的局面，成为近代民族英雄的杰出代表。

《屡败法军逞英豪——黑旗军将领刘永福》

刘永福是黑旗军的创建者，是农民出身的杰出军事家、政治活动家。在19世纪发生的援越抗法、中法战争中，他率部与帝国主义侵略者进行了殊死的战斗，建立了卓越的功勋，成为我国近代史上著名的民族英雄，为后世所景仰。

《矢志变法强国家——戊戌变法领袖康有为》

康有为是清末民初最有影响力的思想家之一。他领导了中国知识界的启蒙运动，掀起了一场自上而下的政体改革。他最早在中国提出了立宪政体和具体的宪政方案，主张在坚持儒家传统和帝制的前提下，学习西方经验，他的进步思想对近代中国具有深远的影响。

《开民智以报国　普新知而图强——戊戌变法思想家梁启超》

梁启超，中国近代史上著名的政治活动家、启蒙思想家、史学家、文学家，戊戌变法领袖之一。本书以百日维新思想家梁启超的成长过程为线索，以代表性的历史故事为主要内容，还原真实的历史事件，突出鲜明的人物性格。

《我自横刀向天笑——维新志士谭嗣同》

谭嗣同在民族危机的严重时刻，投身改革救中国的洪流。为了带给祖国一个光明的未来，紧要关头，他挺身而出，用自己的鲜血激励后人，把宝贵的生命献给了变法事业。

《睡乡敢遣警世钟——用生命警策国人的陈天华》

陈天华是民主革命的活动家和宣传家。他写的《猛回头》《警世钟》等书，起到了革命启蒙的重大作用。为了激发留日学生的爱国情怀，他不惜投海自杀，演出了近代史上感人至深的一幕，给后人留下了难忘的印象。

《革命军中马前卒——民主斗士邹容》

革命乃"至尊极高，独一无二，伟大绝伦之一目的"；它是"天演之公例，世界之公理，顺乎天而应乎人"的伟大行动。因此，必须"仗义群兴革命军"。他激情高呼："革命独子万岁！中华共和国万岁！"这就是《革命军》的作者，中国近代著名资产阶级革命宣传家邹容。

《休言女子非英物——鉴湖女侠秋瑾》

为民族解放和妇女解放而英勇斗争的秋瑾，冲破封建礼教的思想牢笼，打碎封建精神枷锁，崇仰真理，追求光明，主张共和，坚持男女平等，最终献出了自己年轻的生命。

《血溅校场　杀身成仁——民主斗士徐锡麟》

本书讲述了反清志士徐锡麟弃文从武、投身反清革命事业，最终被清政府杀害的故事。出于对国家的热爱，徐锡麟献出自己的生命，他的事迹将永远激励后人深切缅怀这位民主革命的先驱。

《生可死耳　我志长存——献身民主的禹之谟》

禹之谟，民主革命党人，同盟会会员，近代资产阶级革命家、实业家。1886年，20岁的禹之谟"提三尺剑，挟一卷书"游历四方，研究西方社会政治学说，忧国忧民之心日趋强烈。戊戌变法失败，他丢掉改良幻想，倡革命救亡之说，走上民主革命道路。

《物竞天择　适者生存——资产阶级启蒙思想家严复》

严复是中国近代著名的启蒙思想家、翻译家和教育家。他长期从事教育和翻译事业，为近代中国人才培养和思想启蒙做出了重要贡献，同时他也为中国的翻译事业和中西思想文化交流做出了重要贡献。

《辛亥革命急先锋——资产阶级革命家黄兴》

黄兴，清末民初资产阶级革命家，中华民国开国元勋。黄兴在武昌首义及辛亥革命时期的爱国表现，与孙中山闻名于当时，常被时人以"孙黄"并称。本书以资产阶级革命活动实干家黄兴的成长过程为线索，歌颂了先辈伟大的爱国主义精神。

《矢志革命　百折不回——近代民主革命家廖仲恺》

廖仲恺追随孙中山踏上了创立民国与捍卫共和制的旧民主主义革命

之路；在新民主主义革命时期，他为建立、巩固首次国共合作和实施三大政策，英勇奋斗，为国殉职，洒尽了一腔热血。

《将军拔剑南天起——护国英雄蔡锷》

蔡锷是中国近代史上的杰出军事家、爱国者。他的一生短暂而伟大。辛亥革命爆发，他毅然投身于革命洪流之中，领导云南重九起义，对武昌起义积极响应。袁世凯窃国复辟、恢复帝制的阴谋暴露出来以后，他又毅然举起了武装讨袁的旗帜。

《反帝反封建运动——五四青年的爱国故事》

五四运动是一次伟大的反帝反封建的爱国运动；是一个伟大的历史转折点；是中国人民的斗争从挫折走向胜利的一个关节点，它为中国的前进开辟了一条全新的道路，拉开了中国新民主主义革命的序幕。

《思想自由　兼容并包——著名教育家蔡元培》

蔡元培是中国近现代著名的民主革命家和教育家，一生经历风雨，却始终信守爱国和民主的政治理念，致力于废除封建主义的教育制度，奠定了我国新式教育制度的基础，为我国教育、文化、科学事业的发展做出了富有开创性的贡献。

104

《为国家争光　为民族争气——中国铁路之父詹天佑》

詹天佑是我国最早的杰出铁道工程师，因主持建造京张铁路而闻名中外，被誉为"中国铁路之父"。他为祖国的铁路事业贡献了毕生的精力。本书向读者展示了詹天佑热爱祖国、科技兴国的辉煌人生。

《实业救国　衣被天下——轻工之父张謇》

张謇是爱国实业家、教育家。他年轻时中过状元。过了40岁，开始投身工商实业活动中，他的名言是"富民强国之本在于工"。在南通，创办大生丝厂、银行等各种实业。并将创办实业的大部分所得投入教育。他的观点是，教育和实业一样，也是"富强之大本"。

《心向革命　追求光明——平民将军冯玉祥》

冯玉祥将军"是一位从旧军人转变而成的坚定的民主主义战士"。

抗日战争期间，他辗转各地，用实际行动积极抗战。日本战败投降后，他为了断绝美国的援蒋内战，又在美国四处演说，揭露蒋介石统治之黑暗，痛斥美国阴谋分裂中国的不良行为。

《刑场上的婚礼——革命烈士周文雍　陈铁军》

周文雍是广州起义的主要领导人之一。陈铁军出身于华侨商人家庭，却毅然投身革命洪流。1928年1月，两人接受派遣，回到广州假扮夫妻从事革命斗争，却不幸被捕。临刑前，两位烈士将敌人的枪声当作自己婚礼的礼炮，用生命和爱情谱写出一曲千古绝唱。

《星星之火　可以燎原——井冈山斗争的故事》

1927—1929年，毛泽东、朱德等老一辈革命家，在井冈山创建了农村革命根据地，进行了艰苦卓绝的斗争，建立了新型革命武装，点燃了工农武装革命之火，找到了农村包围城市最后夺取政权的中国革命的正确道路。

《新民学会的主要发起人——中国共产党早期革命家蔡和森》

蔡和森青年时期曾与毛泽东等人一起组织进步团体新民学会，参加五四运动，并在赴法国勤工俭学时研读大量马克思主义著作，回国后以满腔热忱投身革命事业，成为中国共产党早期重要的理论家和宣传家。

《威震黄浦江畔　高奏抗日壮歌——一·二八淞沪抗战》

面对日本侵略者的挑衅，十九路军在蒋光鼐、蔡廷锴的带领下，高举义旗，奋力一搏。一·二八淞沪抗战，是中国军人捍卫军人荣誉和祖国尊严所发出的吼声，谱写了一曲抗击日军侵略的英雄壮歌。

《将军恨不抗日死——慷慨就义的吉鸿昌》

在国难深重的20世纪30年代，吉鸿昌将军因拒绝执行国民党指示，坚决不打内战，被迫携眷出国"考察"。回国后，他加入中国共产党，组织了民众抗日同盟军，英勇打击日本侵略者，后于1934年11月被国民党反动派杀害。

《献身革命　甘于清贫——梅岭忠魂方志敏》

大革命失败后，方志敏凭着"两条半步枪"起家，身经百战，创建了赣东北革命根据地和红十军。本书真实记录了方志敏投身于革命、领导红军和敌人进行艰苦卓绝斗争的经历，歌颂了烈士贫贱不移、威武不屈、献身革命的高尚品质。

《奏响中华最强音——人民音乐家聂耳》

聂耳在他有限的生命中创作了数十首革命歌曲，在抗日救亡运动中，聂耳的这些歌曲产生了广泛深远的影响。他的音乐创作为中国无产阶级革命音乐的发展指明了方向，树立了榜样。

《横眉冷对千夫指——中国文化革命主将鲁迅》

鲁迅不但是伟大的文学家，而且是伟大的思想家和伟大的革命家。在那风雨如晦的黑暗年代里，他以笔为投枪，同一切帝国主义和反动派进行了顽强的战斗，为中国人民树立了一个不朽的丰碑。他是新文化战线上的一面光辉旗帜，是我们伟大民族的灵魂。

《铁流两万五千里——红军长征的故事》

红军长征是人类历史上的一次伟大的壮举。第五次反"围剿"失败后，中国工农红军的三大主力在极端艰难的条件下，突破国民党军队的围追堵截，进行了史无前例的战略大转移，总行程达两万五千里以上。途中发生了许多动人故事，至今令人难以忘怀。

《荣辱不移革命志——创建陕北红军的刘志丹》

刘志丹是杰出的无产阶级革命家、军事家，西北红军和西北革命根据地的主要创始人之一。他一生热爱人民，追求真理，英勇善战，百折不挠，艰苦奋斗，忠心赤胆，为创建红军和革命根据地、为中国人民的解放事业建立了不可磨灭的功勋。

《英名永存北平城——爱国将领佟麟阁　赵登禹》

1937年7月28日，日军向北平郊区发动进攻。第二十九军副军长佟麟阁奉命在南苑率部与日军苦战，腿部受伤，头部被敌机炸伤，壮烈殉国。第一三二师师长赵登禹指挥部队顽强抵抗日军，右臂中弹负伤，仍继续作战。后在转移途中遭日军截击而牺牲。

《八百壮士　四行仓库铸军魂——谢晋元和他的战友们》

八一三抗战，中国军人以血肉之躯揭开全面抗战的帷幕。这是一场血战，是中国军人不屈不挠的英雄诗篇，其中的八百壮士守四行，成为这首英雄颂歌中最动人、最凄美的音符。一曲四行保卫战，铸就了不屈的军魂。

《八女投江　气贯长虹——八位抗联女战士》

抗日战争时期，以冷云为首的东北抗日联军8名女战士，为捍卫民族尊严，面对凶残的日寇，镇定自若，宁死不屈，投江殉国，表现了中华民族同敌人血战到底的英雄气概。她们的光辉形象，激励着千千万万的后来人。

《艰苦抗战　威震敌胆——著名抗日英雄杨靖宇》

杨靖宇将军是我国著名的抗日民族英雄。曾先后担任磐石游击队政治委员、东北抗日联军第一军军长兼政委、抗日联军总司令等职。领导军民对日寇坚持了长达9个年头的艰苦卓绝的斗争，最终以身殉国。

《死也不当亡国奴——镜泊抗日英雄陈翰章》

陈翰章，从1932年8月投笔从戎，直到1940年12月8日为抗击日本侵略者，战死在镜泊湖畔。他在抗日疆场上奋战了九年，他那可歌可泣的英雄事迹将为人们永世传颂。

《名将殉国　气壮山河——抗日将军张自忠》

著名抗日将领、民族英雄张自忠，生于忧患的时代，抱有"宁为百夫长，胜作一书生"的志向，经历过失败与低谷，最终成就了慷慨人生。本书主要以人物活动为主，勾画出一个真正的"民族魂"鲜活的人生，会带给读者振奋的力量。

《宁死不辱战士名——狼牙山五壮士》

1941年日寇在河北易县"扫荡"。为掩护群众和主力部队撤退，五位八路军战士毅然把敌人引上了狼牙山棋盘坨峰顶绝路。弹尽粮绝、无路可退，五位英雄纵身跳下了万丈悬崖，用生命和鲜血谱写出一曲惊天地泣鬼神的壮举。

《太行浩气传千古——抗日名将左权》

左权，中国工农红军和八路军高级指挥员，著名军事家。是八路军在抗日战场上牺牲的最高指挥员。名将阵亡，太行山为之垂首，全党为之悲痛。周恩来称他"足以为党之模范"，朱德赞誉他是"中国军事界不可多得的人才"。

《虎将兴关外　抗倭统雄师——抗联英雄赵尚志》

本书描写了久经考验的共产党员、东北抗联的创建者和主要领导人赵尚志，在艰苦卓绝的条件下，坚持抗战，威震敌胆，战功卓著，忍辱负重，忠贞不屈，为国捐躯的英雄故事，为青少年读者呈上一部爱国主义的佳作。

《黄埔之英　民族之雄——抗日名将戴安澜》

抗日名将戴安澜，先后参加保定、漕河、台儿庄、武汉、昆仑关等战役，作战英勇，屡建奇功；入缅作战，"扬威国外，藉伸正义"；守东瓜，复棠吉；殒身缅北，遗恨丛林，马革裹尸，成就了光辉的一生。

《爱国志士　民主先锋——新闻出版家邹韬奋》

本书讲述了邹韬奋献身新闻出版事业的奋斗历程，展现了一位新闻工作者坚定的革命信念和炽热的爱国主义精神，全心全意为人民服务、为读者服务的奉献精神，歌颂了他的高尚情操和优良品质。

《为抗战发出怒吼——人民音乐家冼星海》

人民音乐家冼星海，青年时期在巴黎求学，饱尝屈辱与磨难；学成后毅然回到多灾多难的祖国，用满腔热忱谱写激昂的音乐，鼓舞中华儿女的斗志；奔赴延安，谱写出不朽的名作《黄河大合唱》，发出中华民族抗日救亡的怒吼。

《全民皆兵　抗击日寇——抗日战争的故事》

中国人民进行的十四年抗战，是一百多年来中国人民反对外敌入侵第一次取得完全胜利的民族解放战争。这场战争是以国共两党合作为基础，有社会各界、各族人民、各民主党派、抗日团体、社会各阶层爱国人士和海外侨胞广泛参加的全民族抗战。

《捧着一颗心来　不带半根草去——人民教育家陶行知》

陶行知是我国现代教育史上伟大的人民教育家、教育思想家。他从青年起就立志献身教育事业，以"捧着一颗心来，不带半根草去"的赤子之心，为人民的教育事业鞠躬尽瘁。

《为民主与和平拍案而起——民主斗士闻一多》

闻一多早年与梁实秋等人发起成立清华文学社。赴美留学期间由对祖国的深深眷恋而创作著名的《七子之歌》。后在西南联大任教8年，积极投身于抗日运动和争取民主的斗争，发表了著名的《最后一次讲演》。

《铁窗难锁钢铁心——革命先烈王若飞》

王若飞是我党早期杰出的无产阶级革命家。在艰苦卓绝的斗争中，他出生入死，屡建奇功，以超人的睿智和胆略，在敌人的监狱中，同敌人展开了殊死的较量，为抗战的胜利和新中国的诞生做出了卓越的贡献。

《横扫千军　还我河山——抗联名将李兆麟》

李兆麟是东北抗日联军创建人之一，他率领抗日联军历尽千难万险与日本侵略者浴血奋战，在极其艰苦的条件下，保存了抗日联军的有生力量，为东北光复做出了重大贡献。

《锄头开出新天地——解放区大生产运动》

为了解决困难，渡过难关，党中央号召党政军民齐动手，开展大生产运动。中国共产党在其控制区域内发动的一场军队屯田和鼓励生产的群众运动，达到了自己动手丰衣足食，共度难关，既进行革命又进行生产自足的目的。

《生的伟大 死的光荣——女英雄刘胡兰》

刘胡兰，坚贞不屈的少年女英雄。生前对我国劳动人民的解放事业无限忠诚，在敌人威胁面前，大义凛然，毫无惧色，英勇牺牲，表现了共产党员的高贵品质。

《饿死不领美国救济粮——爱国知识分子的楷模朱自清》

朱自清作为爱国知识分子的典型，以锐利的笔锋直言痛斥反动政府的暴行，体现了他崇高的爱国情怀和不畏恶势力的精神品格。毛泽东曾给朱自清先生以高度评价："一身重病，宁可饿死，不领美国的'救济粮'"，"表现了我们民族的英雄气概"。

《为了新中国前进——舍身炸碉堡的董存瑞》

伟大的英雄，中国人民的儿子董存瑞，从儿童团长成长为一名光荣的解放军战士，在1948年解放隆化县城时，舍身炸碉堡，为新中国献出了自己年轻的生命。他的英雄形象永远留在人民心里。

《宁死不屈的共产党员——革命烈士江竹筠》

江竹筠，就是著名的江姐。1947年春，她负责《挺进报》工作，只几个月的时间，报纸就发行到1600多份，引起了敌人的极大恐慌。由于叛徒出卖，江姐不幸被捕，惨遭毒刑的残酷折磨，仍坚贞不屈。最后被特务秘密枪杀，年仅29岁。

《抗美援朝 保家卫国——志愿军的战斗故事》

抗美援朝战争是中国人民志愿军为援助朝鲜人民、保卫祖国安全，与美国为首的"联合国军"发生的战争。在朝鲜牺牲的志愿军烈士们，他们英勇的战斗事迹、保家卫国的精神值得我们发扬光大。

《上甘岭上壮烈歌——黄继光和他的战友们》

在1952年10月的上甘岭战役中，黄继光和他的战友们在零号阵地半山腰被敌机枪火力点压制，此时，黄继光身上已经多处负伤，手雷也已全部用光。为了完成任务，减少战友的伤亡，他用自己的胸膛堵住正在扫射的敌机枪射孔，为反击部队扫清了前进的道路。

《诗书印画　全入神品——国画大师齐白石》

齐白石出身贫寒，做过农活，当过木匠，后改学雕花木工，从民间画工入手，摹古人真迹，学诗文书法，融汇古今，而诗、书、印、画俱佳；他将中国画的精神与时代的精神统一得完美无瑕，使中国画得到国际的重视，无愧于"国画大师"的称号。

《毕生为文化而奋斗——中国第一出版家张元济》

张元济参与、主持和督导商务印书馆近六十年，使其从简单的印刷企业转变为当时中国教育出版的旗帜。张元济一生爱书，在中华大地动荡不安的年代里，他用自己对文化的热爱，续存着中华民族灿烂悠久的文明之光。

《独树一帜　梨园大师——著名京剧表演艺术家梅兰芳》

梅兰芳，京剧大师，演唱风格独树一帜，世称"梅派"。曾先后赴日本、美国、苏联演出，并荣获美国波摩那学院和南加州大学的荣誉文学博士学位。作为一位爱国者，抗战期间蓄须明志，拒绝为日本人演出，为后世称颂。

《华侨旗帜　民族光辉——爱国侨领陈嘉庚》

陈嘉庚是著名的爱国华侨领袖、企业家、教育家、慈善家、社会活动家。他为辛亥革命、民族教育、抗日战争、解放战争、新中国的建设做出了卓越的贡献。生前被毛泽东誉为"华侨旗帜、民族光辉"。

《向雷锋同志学习——伟大的共产主义战士雷锋》

雷锋，一个平凡而伟大的共产主义战士，一心向着党，一生秉承着全心全意为人民服务、无私奉献的崇高思想；发扬刻苦学习和钻研理论的"钉子"精神；坚持勤俭节约、艰苦奋斗的优良作风。毛泽东为其题词："向雷锋同志学习。"

《人民的好公仆——县委书记的好榜样焦裕禄》

焦裕禄，被誉为县委书记的好榜样。他用自己的革命精神，展开了与大自然、与社会落后现象、与病魔的多重抗争，让我们领略到一

个共产党人的生之伟大、死之壮美的人格品质和具有现实教育意义的精神魅力。

《文学巨匠　京味大师——人民作家老舍》

老舍是我国现代小说家、文学家、戏剧家。他用融入骨髓的真诚文字反映生活的喜怒哀乐。老舍的一生，总是在忘我地工作，他是文艺界当之无愧的"劳动模范"，生前被北京市人民政府授予"人民艺术家"的称号。

《革命老人——无产阶级教育家徐特立》

徐特立是一代伟人毛泽东的老师。他出生在贫苦家庭，大部分时间生活在动荡艰苦的年代；他刻苦勤奋，不畏艰辛，追求光明，一生勤俭，为革命培养了大量的人才；他对党和人民任劳任怨，鞠躬尽瘁。他坎坷奋斗的一生，留下了许多可歌可泣的故事。

《人生能有几回搏——新中国第一个世界冠军容国团》

容国团先后担任中国乒乓球队运动员、女队主教练。获得1959年男子单打世界冠军；1961年夺得男子团体世界冠军；作为中国女队主教练，1965年率女队第一次夺得女子团体世界冠军。他的"人生能有几回搏"的豪言，举国传诵。

112

《石油工人一声吼　地球也要抖三抖——铁人王进喜》

王进喜，新中国第一批石油钻探工人。他为祖国石油工业的发展和社会主义建设立下了不朽的功勋，在创造了巨大物质财富的同时，还给我们留下了宝贵的精神财富——铁人精神。他被评为"百年中国十大人物"，写入中华民族的光辉史册。

《做人民需要我做的事——著名地质学家李四光》

李四光是一位伟大的科学家，他一生从事地质学研究工作，足迹遍布祖国的山川，为祖国探明了许多地下宝藏；他创建了崭新的学说——地质力学；他历尽重重困难，为正确认识地质构造开辟了一条新路。

《中国化学工业的先驱——著名化学家侯德榜》

为摆脱纯碱需要进口的窘况，20世纪初，怀着"实业救国"梦想的中国化工先驱侯德榜等人创办了永利碱厂，并立志生产出中国人自己的碱。1926年，永利碱厂终于成功地生产出"红三角"牌纯碱，从此中国制碱业得以跨入世界先进行列。

《毕生求是 一丝不苟——著名科学家竺可桢》

著名科学家竺可桢献身科学研究；治学严谨，一丝不苟；一生廉洁，两袖清风；作风民主，爱护学生。他以爱国之心、报国之志，从一个民主主义者逐渐成长为一个共产主义战士。

《热爱自然的大地之子——著名植物学家蔡希陶》

蔡希陶，五十载风雨，五十载坎坷，五十载奋斗，五十载开拓，为了发现对人类生产、生活有用的植物及新物种的引进而做出巨大贡献，在中国的植物资源学史上将永远镌刻着他的名字。

《高洁无私的襟怀——知识分子的楷模蒋筑英》

蒋筑英是中国当代知识分子的先锋典范，他不为名，不为利，尊重科学；他以坚忍的毅力和顽强的作风，在科学的道路上呕心沥血，鞠躬尽瘁，无私地奉献了青春和生命。

《迎接新生命的天使——卓越的妇产科专家林巧稚》

林巧稚是国内外享有盛誉的妇产科专家。在五十多年的医学教育和临床实践中，林巧稚亲自接生了五万多婴儿，治愈了数千病人，培养了数以百计的专门人才，为我国的妇女儿童事业做出了不可磨灭的贡献。

《独自成千古 悠然寄一丘——国画大师张大千》

张大千是20世纪中国画坛最具传奇色彩的国画大师，无论是绘画、书法、篆刻、诗词无所不通。在艺术界深得敬仰和追捧，艺术家们用真挚的感情，用绘画和雕塑展现了"张大千"多彩的艺术形象。

《建造中国的通天塔——著名数学家华罗庚》

中国当代著名数学家华罗庚，为中国数学的发展做出了无与伦比的贡献，他是中国解析数论、典型群、矩阵几何等多方面研究的创始人与开拓者，也是我国最早将数学理论研究与生产实践紧密结合的科学家。

《问鼎长天　强我国威——两弹元勋邓稼先》

邓稼先是我国著名科学家，参加组织和领导我国核武器的研究、设计工作，从对原子弹、氢弹原理的突破和试验成功及其武器化，到新的核武器的重大原理突破和研制试验，作出了重大贡献。是我国核武器理论研究工作的奠基者之一，被誉为"两弹元勋"。

《敢叫天堑变通途——桥梁专家茅以升》

中国著名的桥梁专家茅以升从小立志为祖国建造桥梁，经过不懈努力，他不仅设计建造了一座座宏伟壮观、坚固实用的道路桥梁，而且搭建了一座座友谊之桥，为祖国建设作出了卓越贡献。

《蘑菇云之梦——核物理学家钱三强》

被誉为"中国原子弹之父"的核物理学家钱三强，更名后立志于科技报国；24岁投师于世界著名核物理学家居里夫妇；与夫人何泽慧合作，发现铀的"三分裂""四分裂"现象；统领我国的原子大军，做了大量创造性工作。

《两离桑梓地　满怀雪域情——领导干部的楷模孔繁森》

孔繁森，是一位一尘不染、两袖清风的好干部。两次进藏工作，历时十载，为西藏的建设、发展和稳定作出了突出的贡献。1994年11月，孔繁森不幸以身殉职。人民群众称他为新时期领导干部的楷模。

《摘取数学皇冠上的明珠——著名数学家陈景润》

陈景润是享誉世界的数学家，为了证明"哥德巴赫猜想"，他以惊人的毅力在数学领域里艰苦跋涉，终于攻克了世界著名数学难题"哥德巴赫猜想"中的"1＋2"，创造了中国乃至世界数学史上的辉煌。

《学术独步　饮誉四海——享有国际威望的科学家卢嘉锡》

卢嘉锡是一位在国际科学界享有崇高威望的物理化学家、化学教育家和科技组织领导者。1945年，卢嘉锡满怀"科学救国"的热忱回到祖国，对中国原子簇化学的发展起了重要推动作用，他所指导的新技术晶体材料科学研究，也取得了重大成绩。

《德艺双馨　梨园楷模——著名豫剧表演艺术家常香玉》

常香玉1941年赴陕甘演出。1948年在西安创办香玉剧社。1951年为支援抗美援朝，率剧社巡回西北、中南、华南各地演出，以演出收入捐献"香玉剧社号"战斗机一架，素有"爱国艺人"之誉。

《文学大师　激流勇进——著名作家巴金》

本书以巴金生平和主要事迹为线索，回顾和展示现代著名作家巴金的一生，以期让人们看到巴金在这风云变幻的100多年中，有过成功的欢欣，有过屈辱的磨难，有过痛苦的忏悔，有过平静的安宁。巴金的人生，映照着一代中国五四知识分子坎坷而不平凡的命运。

《壮心系科学　孜孜为国昌——理论化学家唐敖庆》

本书讲述了唐敖庆从出国求学、学业有成、回国任教，到服从安排、艰苦工作、刻苦钻研，最终成为中国量子化学奠基者的过程。让人们看到了这位著名化学家的赤心爱国、严谨治学、大公无私的崇高品格和科研上的卓越成就。

《中国导弹之父——著名科学家钱学森》

当第一颗原子弹升空的时候，当中国的人造卫星奏响《东方红》的时候，当中国运载火箭腾空而起的时候，当中国研制的导弹准确命中目标的时候，人们都会想起他的名字：中国导弹之父钱学森。

《中国近代力学的奠基人——著名科学家钱伟长》

钱伟长曾以中文和历史两个100分的成绩考入清华大学。九一八事变后，钱伟长毅然放弃了文科的学习而转为理科。他是中国近代力学、应用数学的奠基人之一，在固体力学、流体力学以及航空航天领域，取

为了新中国前进

得了卓越的成就，为新中国的现代化建设付出了毕生的精力。

《中国光学科学的奠基人——著名科学家王大珩》

　　王大珩是我国著名的科学家，中国光学科学的奠基人。他先在清华就读，后赴英国求学，学业有成，立志科学救国，其成就享誉神州。他以科学的求是精神和赤诚的爱国情怀，探索着中国光学发展的闪光之路。